W0222513

NEW ROMANCE®

Biker GIRLS

TOME 2
BIKER BELOVED

Traduit de l'anglais (américain)
par Thierry Laurent

AUDREY
CARLAN

Hugo Roman

Ce livre est une fiction. Toute référence à des événements historiques, des personnages ou des lieux réels serait utilisée de façon fictive. Les autres noms, personnages, lieux et événements sont issus de l'imagination de l'auteur, et toute ressemblance avec des personnages vivants ou ayant existé serait totalement fortuite.

Ouvrage dirigé par Bénita Rolland
Traduit par Thierry Laurent

Pour la présente édition

34-36, rue la Pérouse
75116 - Paris
www.hugoetcie.fr
ISBN : 9782755647532
Dépôt légal : février 2020
Imprimé par Corlet Imprimeur
N° d'imprimeur : 19110052

Tracey Wilson-Vuolo,
il n'y a plus de mots face à la perte des êtres chers.
Cette année ne nous a pas épargnées.
Notre consolation ?
Nous serons toujours là l'une pour l'autre.

Prologue

Whip

Jour de l'an 2015

Nous avons chacun dix minutes pour appeler la maison afin de partager les bonnes nouvelles avec ceux qui nous sont chers.

– Tu ne vas jamais me croire ! je hurle dans le gros téléphone satellite de l'armée que mon adjudant m'autorise à utiliser.

– Ah… mon cœur, c'est tellement bon d'entendre ta voix, c'est vraiment incroyable, répond ma mère comme soulagée, mais, mon chéri, nous aussi, nous… euh… nous avons quelque chose à te dire.

Je passe ma main dans mes cheveux qui ont maintenant pas mal poussé. Finalement, après quatre ans dans l'armée, dans cet enfer qu'est l'Afghanistan, j'en ai beaucoup plus sur la tête qu'au début, lorsqu'ils m'avaient fait la coupe réglementaire.

– Moi d'abord, M'an, je jubile avec des trompettes dans la voix. Ils ont arrêté les combats, ils renvoient la Force internationale d'assistance à la sécurité, ce qui veut dire que, dans deux ou trois mois, quand je vais me réengager, je serai envoyé dans un endroit plus tranquille. L'Allemagne ou la France, j'espère !

Je ne peux m'empêcher de pouffer de rire. Je m'imagine déjà avec une petite copine dans les bras, une Française bien chaude qui me murmure des mots doux que je ne comprends pas pendant la baise. Putain, je mérite bien ça après tout ce que j'ai vécu !

Travailler pour la Force internationale d'assistance à la sécurité, c'était un rêve pour moi. Que j'aie été choisi tout de suite après le camp d'entraînement a bien fait chier mes potes de l'armée, mais il faut dire que j'étais le meilleur tireur et que ma forme physique était au top. En plus, j'avais des notions de dari, le persan afghan comme l'appellent les Américains, et je m'entendais bien avec mes supérieurs. J'ai obtenu mon diplôme sans problème ; tout de suite après, on m'a expédié en Afghanistan. Là, j'ai passé l'essentiel de mon temps à entraîner les Forces de sécurité afghanes, tant pour leur apprendre les techniques de combat que pour les aider à reconstruire leur pays. Il n'empêche que j'ai aussi eu ma part de combats où j'ai vu de mes yeux mon meilleur ami mourir sous le coup de fusil d'un sniper.

Un goût amer soudain me remonte à la bouche. J'essaie au max de repousser ces mauvais souvenirs, je ne veux pas qu'ils viennent gâcher la joie qui m'envahit… je préfère me concentrer sur mon appel.

– Mon chéri… incroyable, c'est formidable. Je suis tellement heureuse de te savoir sain et sauf. Il semble que le gouvernement ait finalement décidé de vous mettre hors de danger en vous renvoyant à la maison, mais… euh…

Sa voix tout à coup prend un autre ton et j'entends comme un léger sanglot à l'autre bout du fil.

Tout de suite, l'inquiétude monte. Mags est une sacrée bonne femme. Chez moi, là-bas, c'est la plus forte de toutes les femmes du club que gère mon père, c'est-à-dire « mon club ». Elle sait garder la tête haute et ne verse jamais une larme, ni devant les mecs ni devant les filles. Du coup, entendre ses larmes au téléphone me bouleverse, quelque chose de grave est arrivé. De vraiment grave.

– M'an, qu'est-ce qui se passe ?

– Shane, mon garçon…

Sa voix s'éteint, ma gorge devient aussi sèche que le désert afghan. Avant que j'aie pu lui reposer une question, c'est la voix grave et sonore de mon père qui répond sur un ton inquiet :

– Fils…

J'en ai la chair de poule.

Mon père, Riot O'Donnell, est le Président du Hero's Pride Motocycle Club. Il est en charge d'une trentaine de membres et aspirants, tout comme ma mère, Magdalene, Mags pour les intimes. De nature optimiste, aussi bien l'un que l'autre, ce sont des gens positifs... sauf s'ils devaient m'annoncer un décès.

J'ai le cœur serré, je retiens ma respiration, je sens un poids tomber sur ma poitrine :

– C'est Shay ? Putain, est-ce que ma sœur va bien ? je hurle au téléphone.

S'il y a une seule personne sur cette terre sans laquelle je ne pourrais pas vivre, c'est bien Shay, ma sœur jumelle.

– Papa, dis-moi, qu'est-ce qui se passe ? je demande en sentant mes larmes monter à la seule idée que quelque chose ait pu arriver à ma sœur.

– Non, non, fils ! Il ne s'agit pas de Shay. Sors-toi tout de suite cette horrible idée de la tête.

– Mais alors, putain de merde, papa, c'est quoi ? je continue à hurler, à la fois soulagé et très en colère.

– Jess nous a fait la surprise de sa visite le lendemain de Noël...

– Jess, tu veux dire la nouvelle fille du club ?

Je fais un petit effort de mémoire en essayant de me rappeler la dernière fois que je suis passé à la maison. Ce devait être il y a neuf ou dix mois, j'y étais pour deux semaines, juste avant la reprise de mon entraînement. J'étais arrivé en avion, j'ai passé du bon temps avec les frères, avec maman et papa, je me souviens d'avoir fait chier Shay à propos du connard avec qui elle sortait à ce moment-là et j'ai aussi fait des bonnes virées avec ma moto. Bien évidemment, je n'ai pas fait que chevaucher ma bécane, j'en ai aussi profité pour chevaucher quelques filles du club et c'est Jess qui a remporté la palme. Grande, avec une belle chevelure blonde et des yeux bleus. J'ai passé deux jours entiers à la baiser, mais je me souviens aussi de l'avoir laissée tomber juste avant de partir. Elle commençait à devenir collante, à demander tout le temps du fric.

– Fils, je ne sais pas trop comment te dire ça, mais elle est arrivée sur le pas de la porte avec un nouveau-né qui hurlait dans ses bras.

Une petite fille qui avait tout juste un jour ou deux, pas même de nom ni de certificat de naissance. Jess avait l'air complètement paumée. Les yeux cernés, elle n'avait que la peau sur les os et de récentes traces de piqûres sur les bras.

Je m'affaisse contre le mur du bâtiment d'où je suis en train de passer mon coup de fil :

– En quoi cela me concerne ? Appelle les services sociaux…

– Whip, elle a dit que le bébé était de toi, répond mon père sur un ton sec et sans détour.

– Ça n'a pas de sens, c'est vrai que je l'ai baisée pas mal de fois, mais, papa, je mets toujours une capote, je hurle alors au téléphone en le tenant si fort que j'en ai mal aux mains.

Mon père, lui, pousse un grand soupir avant d'ajouter :

– C'est aussi ce qu'on a pensé. La seule chose, c'est qu'on ne peut plus refuser cette enfant, Shane. On l'a tout de suite emmenée à l'hôpital, dès que Jess nous l'a mise dans les bras avant de s'enfuir sans demander son reste. On a demandé à ta sœur de nous rejoindre afin de faire un test ADN. Grâce à nos bons rapports avec le shérif, on a pu obtenir qu'on nous confie le bébé de façon provisoire avant une éventuelle adoption. On a dû aussi faire appel à pas mal de nos relations pour le garder, ta mère et moi, en attendant les résultats du test.

La main posée sur le béton brûlant, je sens le besoin de cette chaleur pour me concentrer. Je refais le film dans ma tête… si le bébé n'a que quelques jours, après tout, il pourrait bien être de moi.

Merde !

– Papa… vous avez eu les résultats ?

– Fils… elle est… bon sang ! Oui, mon garçon, elle est bien de toi ! Nous en avons eu la confirmation aujourd'hui. Nous avons reçu un coup de fil juste avant le tien.

Silence.

Soudain, plus rien autour de moi n'existe.

Plus de bruit d'hélicos.

Plus d'hommes riant et blaguant un verre à la main en attendant leur tour de téléphoner.

Ma vie d'avant ? C'est terminé…

Je ravale ma salive et respire un bon coup :

– Tu es en train de me dire que je suis le père d'une petite fille d'à peine une semaine alors que je suis coincé ici, dans ce putain de désert, de l'autre côté du monde ?

– Attends… elle est avec nous, on va s'en occuper jusqu'à ton retour. Mags est déjà en pâmoison devant elle. Avec ta sœur, elles se battent pour savoir comment prendre soin le mieux possible du bébé. Entre lui et ses occupations au club, Mags n'a plus une minute à elle.

– Je suis son père ! Elle est née il y a une semaine et je n'ai même pas encore posé mes yeux sur elle. Papa, putain… c'est horrible !

– C'est vrai, mais n'ai-je pas entendu ta mère dire que ta mission était terminée et que tu allais revenir à la maison ?

– J'avais l'intention de rempiler, je réponds mollement, comme si un poison m'envahissait la bouche.

– Et maintenant ?

Ce n'est pas ce qu'il pense que me dit là mon père, c'est une vraie question qu'il me pose.

– Maintenant ? J'ai besoin de trouver le moyen le plus rapide de déguerpir de ce putain de désert pour voir ma petite fille. Dis-moi, quel est son nom ?

– Elle n'en a pas.

– Cette putain de salope n'a même pas donné de nom à notre fille ?

Je serre les dents si fort que je pourrais me casser une molaire.

– Allons, fils, Jess a fait ce qu'il fallait faire en nous amenant le bébé. Elle était complètement partie à cause de ce qu'elle s'était foutu dans les veines. À mon avis de l'héroïne, vu que les gars m'ont dit que c'était sa drogue préférée. C'est d'ailleurs la raison qui avait poussé Mags à la foutre à la porte du club, très peu de temps après ton départ. Elle avait totalement perdu les pédales. Elle a essayé de se taper tous les mecs ; un jour, elle a disparu et a fini par tout claquer dans la drogue.

Je fais les cent pas le long du mur.

– Je n'en crois pas mes oreilles !

– Le docteur dit que le bébé n'a aucune lésion, ce qui veut dire qu'elle a probablement arrêté quand elle a su qu'elle était enceinte. Sans doute pas pendant toute la grossesse. En tout cas, elle a dû replonger tout de suite après la naissance. D'après le docteur, le bébé devrait donc bien s'en sortir, mais il faudra lui faire passer régulièrement des check-up chez le pédiatre. Le problème est que maintenant l'hôpital nous demande son certificat de naissance. Nous avons, bien sûr, les informations te concernant, et, heureusement, aussi celles de Jess… mais ta fille a besoin d'un prénom. Mags et moi avons pensé que ce n'était pas à nous de lui en donner un.

– Je n'ai même pas vu une photo d'elle, je ne sais pas à quoi elle ressemble, comment veux-tu que je lui donne un prénom ?

Je sens soudain une lassitude m'envahir, j'ai besoin de m'arrêter un moment ; après m'être à nouveau adossé contre le mur, je me laisse glisser par terre. Le cul dans le sable, je regarde devant moi mes jambes et mes grosses rangers recouvertes de tissu camouflage.

– Je viens juste de t'en envoyer une sur le téléphone avec lequel tu m'appelles.

La main tremblante, je mets l'appareil sur haut-parleur, j'appuie sur « messages » et me retrouve sur l'écran SMS. Je dois aussi prévenir l'adjudant : tout ça aura un coût et je suis sur le téléphone de notre unité. Soudain, j'aperçois sur l'écran le plus adorable des petits êtres vivants, avec deux grands yeux brillants tout bleus qui regardent l'objectif. De légères mèches de cheveux blonds, des lèvres charnues bien roses, de belles joues rebondies… elle est magnifique.

Et c'est la mienne !

Ma vie entière bascule au moment où j'aperçois son visage. Monte en moi une irrépressible envie de rencontrer cette petite chose que j'ai conçue.

J'entends la voix de mon père sur le haut-parleur :

– Fils…

– Ouais… je réponds doucement en me mettant à toussoter afin de cacher mon émotion. Je la trouve parfaite.

– Oui. En plus, c'est un bébé facile. Elle ne dort pas la nuit entière, mais Mags et Shay se relaient une fois sur deux.

– Ce n'est ni le rôle de ma mère ni celui de ma sœur de s'occuper de ma fille, je devrais être là.

Je me tape la tête contre le mur, je déteste me retrouver coincé ici.

– Alors, rentre à la maison dès que tu peux. En attendant, tu te doutes qu'on s'occupe d'elle aussi bien que possible.

Je fais oui de la tête, même si je sais que mon père ne me voit pas… En même temps, je n'arrive pas à quitter des yeux ce magnifique visage d'ange.

– Shayna ! je m'exclame tout à coup. Comme ma sœur, comme moi. Marie ! comme le deuxième prénom de ma mère. Ma fille doit savoir que son prénom a été choisi d'après celui des gens qui vont toujours l'aimer et qui seront toujours là pour elle. Contrairement à sa droguée de mère.

– Mags, il vient de l'appeler Shayna Marie O'Donnell !

À travers le haut-parleur, je peux entendre ma mère pleurer de joie. Puis mon père lui adresse quelques mots, elle a dû s'approcher du portable pour mieux entendre :

– Vas-y, Mag Pie, remplis les papiers, on va pouvoir les rendre aujourd'hui, dit-il, lui aussi la voix pleine d'émotion. Prénom parfait, fils. On va s'occuper de ça et surtout de ta fille !

– Je veux plein de putains de mails et des appels Skype pour que je puisse la voir de mes propres yeux, je ronchonne. Et demande aux frères de se mettre en chasse pour retrouver Jess. Je veux pouvoir joindre cette salope dès mon retour.

– Ton retour ?

– Papa, je ne vais pas rempiler alors que j'ai un nouveau-né dont je dois m'occuper. Toi, M'an et Shay, vous en faites déjà bien assez comme ça ! Tu sais, je ne pense pas pouvoir quitter définitivement l'armée avant deux mois. Deux mois de sa vie que je vais louper, merde !

Je laisse ma tête tomber sur mes genoux que j'ai peu à peu relevés : je maudis ce désert et cette putain de guerre. Déjà, j'ai perdu mon meilleur ami au combat, voilà que je vais aussi perdre deux mois de la vie de ma fille.

Ça suffit les conneries.

Ici et maintenant, je fais la promesse, à moi-même et à ma fille, que bientôt je serai près d'elle. Je ferai tout ce qui est en mon pouvoir pour rester près d'elle. Toujours. Je ne l'abandonnerai pas comme sa mère l'a fait. Je ne ferai pas ça à la chair de ma chair. Jamais.

– Je vais surveiller que Mags et Shay n'oublient pas de t'envoyer des nouvelles régulièrement. Quant à toi, n'oublie pas non plus de nous informer de ta date de retour afin que nous puissions aller t'accueillir à l'aéroport. Tu ne louperas pas la moindre seconde avant de rencontrer ta petite fille. Je te le promets, fils.

Je ferme les yeux et ne peux empêcher quelques larmes de couler sur mes joues :

– Papa... merci. Remercie aussi M'an et Shay. Je vous adore. Je ne sais pas encore très bien quoi penser de ce qui m'arrive, mais il y a une chose dont je suis sûr : sans vous, je n'ose imaginer dans quel état je serais.

– N'y pense pas, fils. Ça sert à ça, la famille.

Je ne peux m'empêcher d'admirer la photo de ma fille, et ces mots me touchent au cœur.

– Oui, tu as raison, la famille, c'est tout. Embrasse mon petit tournesol pour moi, dis-lui que son papa l'aime très fort et qu'il sera de retour bientôt.

CHAPITRE 1

Anya

– Anya, ma puce, allez, lève-toi de ce canapé, crie Holly depuis la salle de bains que nous partageons. Mets-toi une vraie tenue. Et quand je dis une vraie, je veux dire : pas de justaucorps, ni de jambières, ni rien de rose. Quoi que tu en dises, ce soir, on sort !

Je fronce les sourcils en regardant ma tasse de camomille fumante et la New Romance® que je viens d'acheter aujourd'hui à la librairie où travaille Holly, ma meilleure amie. Je regarde aussi les trois cookies auxquels je ne vais pas toucher. Le sucre et les danseuses ne font pas bon ménage. Ce sont même des ennemis jurés depuis qu'on a inventé le ballet.

– Ce qui veut dire pas de petit chignon serré non plus ! Je le jure sur la tête de ma mère : si tu ramasses ces belles boucles blondes, j'arrache le ruban qui les tiendra !

Aussi vite qu'un serpent qui glisse dans l'herbe, d'un coup sec, je tire sur le rouleau autour duquel j'ai l'habitude de ramasser chaque jour mes cheveux.

Je me lève sur mes pieds fatigués, la douleur que je ressens, comme toujours, dans les genoux me fait grimacer. Après une longue journée passée à enseigner la danse classique et moderne à des enfants, la dernière chose dont j'ai envie, c'est de sortir. Malheureusement pour moi, je l'avais promis à Holly. Au moins une fois dans la semaine, je me force à faire autre chose que travailler. Pourtant, je préférerais me rouler en boule dans mon petit cocon en m'apitoyant sur mon sort et laisser tranquillement s'écouler les heures avant de recommencer demain matin.

J'en suis là de ma vie. J'y vais petit à petit. D'un point à un autre, sans rien bousculer. Depuis ma blessure de l'an dernier, j'ai perpétuellement envie de me cacher et de tirer la tronche pour le restant de mes jours. Mon rêve de devenir un jour danseuse étoile à l'American Ballet Theatre s'est envolé. J'y ai pensé pendant deux ans, mais maintenant, à vingt-trois ans, je suis déjà « à la retraite ». Depuis ma plus tendre enfance, danser a été mon seul but. Découvrir le monde, danser toujours et faire mon chemin au sein d'innombrables productions à travers le globe. Pendant deux ans, je n'ai pensé qu'à ça, jusqu'à cette nuit où tout s'est brisé.

– Tu m'écoutes, au moins ? me demande Holly, debout devant le canapé.

Une main fine sur la hanche, elle porte un jean serré qui épouse à merveille les courbes de son petit corps parfaitement dessiné. En haut : un chemisier en satin blanc sous un blazer de cuir violet foncé. Holly, ma meilleure amie, est un petit bâton de dynamite. Des cheveux rouges en bataille, des taches de rousseur partout, de grands yeux bleus et des courbes sexy à se damner. Moi ? À côté d'elle, j'ai l'air d'une mante religieuse. Des jambes qui n'en finissent pas, un visage émacié, le teint plus blanc que blanc et des seins pratiquement inexistants. Mon amie est assez gentille pour parler de ma silhouette athlétique et élancée quand, en fait, elle devrait dire maigre et décharnée.

Je ne peux m'empêcher de soupirer et de faire la grimace en me dirigeant vers ma chambre.

– Désolée, Holls, j'enfile quelque chose rapidement, j'en ai pour une minute.

Je n'ai vraiment pas envie de la décevoir. Je déteste décevoir les gens. J'ai déjà ruiné tous les espoirs et les rêves de ma mère… et les miens par la même occasion. Je ne supporterais pas l'idée de faire encore de la peine à une autre personne à qui je tiens.

Holly m'emboîte le pas jusqu'à la chambre. Je choisis une paire de collants noirs et une longue robe en maille. J'attrape une grosse ceinture qui va pouvoir fermer sur le tissu épais, mais qui va pouvoir également me marquer suffisamment la taille pour faire ressortir légèrement mes hanches, au lieu de les laisser sans forme comme d'habitude.

– Ça va, Anya ? On a l'impression que tu boites. Tu as vu le médecin aujourd'hui ? Tu as des nouvelles ?

Je fais ce que je sais le mieux faire. C'est-à-dire mettre un mouchoir sur mes émotions avant de me retrouver complètement démolie.

– Non, aucune nouvelle, mais oui, j'ai bien fait un check-up. Même réponse qu'il y a deux semaines : la guérison va prendre du temps. Quand tu t'es bousillé net les ligaments croisés du genou, tu ne peux plus vraiment revenir en arrière. Le médecin pense malgré tout que les choses se remettent bien en place. Il dit que c'est tout simplement formidable de me voir reprendre appui sur mon genou et d'avoir pu recommencer mon enseignement du classique et du moderne quatre jours par semaine.

Holly s'assoit sur le lit pendant que j'enfile mes collants sur une simple culotte en coton blanc.

– Bon, voilà de bonnes nouvelles. Les choses s'arrangent mieux que prévu et tu as pu reprendre ton boulot.

– Mais je ne serai plus jamais danseuse. Cette partie de ma vie s'est envolée.

J'ai la voix qui tremble, mais je serre un bon coup les dents pour m'empêcher de pleurer. Holly se mord les lèvres et regarde par terre. C'est ce que tout le monde fait quand on apprend qu'une danseuse ne pourra plus danser. La pitié s'accompagne d'un regard fuyant.

– Tu es une incroyable professeure. Je fais ta promo auprès de toutes les femmes qui passent à la librairie pour les inciter à s'inscrire. Et certaines l'ont fait. Elles disent que ton studio est la meilleure chose qui soit arrivée à Grants Pass depuis longtemps. Les jeunes en redemandent et les mamans adorent ce break dont elles ont besoin, me dit-elle en se levant pour venir me caresser le bras. En plus, tu enseignes à des petites filles qui t'admirent. Ne l'oublie pas, ma puce, elles rêvent de devenir « toi ».

Je sens comme une tristesse flotter en moi en me remémorant ma première classe de danse. C'est vrai, je voulais à tout prix devenir exactement comme ma prof. Les années passant, je suis devenue meilleure qu'elle. Adolescente, il est vrai, ma mère m'a fait donner des leçons particulières par ce qu'il y avait de mieux là où j'ai grandi, à Anchorage en Alaska.

Je ne peux empêcher les larmes de me monter aux yeux. Holly fronce les sourcils et me serre fort contre elle :

– Tu as été la meilleure de ton temps, Anya. Qui sait, peut-être redanseras-tu un jour. Je veux dire…

– Non. Plus jamais. Demande à n'importe quel chirurgien orthopédique, à n'importe quel chorégraphe, tu verras leur réponse. Tu peux presque tout réparer avec la médecine moderne… sauf le genou.

– Si je connaissais le partenaire qui t'a laissée tomber, je crois que je serais capable de le tuer et d'aller ensuite cracher sur sa tombe, me dit Holly en plissant ses yeux.

– Je sais, tu es une amie super, sans doute la meilleure que j'ai jamais eue, je lui réponds avec un haussement d'épaules, mais je pense qu'il se sent aussi mal que moi.

– Ouais… s'il l'avait fait exprès, on ne l'aurait plus laissé danser. Mais, pendant que toi, tu as dû subir des opérations, pendant que toi, tu as perdu tes rêves, lui parcourt le monde et fait carrière avec une nouvelle danseuse étoile.

J'ai beaucoup de patience. Les danseurs n'ont pas le choix. Nous avons sans cesse à faire et refaire les mêmes pas jusqu'à ce que nos pieds soient en sang, jusqu'à ce que nous arrivions à la perfection. Et puis nous recommençons, jusqu'à trouver ce qui convient à chacun. Pour l'instant, avec le peu de courage qui me reste, je respire profondément en essayant de chasser au plus loin le souvenir de cette soirée qui revient me hanter comme un cauchemar. Une fois que j'ai récupéré mes esprits, je glisse la tête et les bras dans ma robe pull et je serre bien ma ceinture en n'oubliant pas de laisser flotter du tissu au-dessus pour avoir l'air plus en chair. J'enfile enfin mes bottines de cuir à talons plats et m'assois à mon tour sur le lit.

– Ça va, je vais bien. Tout va bien se passer. Laisse-moi un peu arranger mes cheveux et je suis prête.

Holly fouille alors dans mon vanity, elle en sort un tube de rouge à lèvres :

– Mets ça ce soir, tu auras l'air sexy. Sexy et mystérieuse !

Je hausse les épaules, mais je m'exécute en étalant le rouge intense sur mes lèvres. Je me fais des yeux de biche en ajoutant un trait d'eye-liner sur les paupières et je finis avec un peu de mascara. C'est bien plus de maquillage que ce que j'ai l'habitude de mettre, mais je sais que Holly va me faire des réflexions toute la soirée si je ne fais pas un petit effort pour elle. Ma très bonne amie peut sans doute être une libraire hautement professionnelle dans la journée mais, la nuit, elle se lâche. Surtout quand elle a décidé que c'était une soirée entre filles.

Elle quitte la pièce tandis que j'attrape ma brosse.

– Laisse tes cheveux retomber, ma puce. Je veux voir des tonnes de boucles.

Je lève les yeux au ciel et me coiffe en ayant soin de laisser mes cheveux venir frôler mes épaules. Ni trop long ni trop court. Joli, mais ennuyeux. Je dois admettre que les porter en chignon toute la journée finit par leur donner du mouvement sans que j'aie besoin d'utiliser un fer à boucler.

Pas besoin d'un second coup d'œil dans la glace, honnêtement, pour qui ? Vite, je prends mon pashmina rouge foncé, le mets sur mon dos, le croise par-devant en le rejetant par-dessus les épaules, j'attrape mon petit sac en cuir noir et j'éteins la lumière.

– On va où ?

– Ce soir, tu vas affronter le *O'Donnell's*, me répond-elle avec un petit sourire plein de malice.

***

Le *O'Donnell's* est un bar à bikers. D'après Holly, techniquement il ne l'est pas ; simplement, il se trouve que de nombreux hommes possédant des motos vont y boire des coups. À en juger par le nombre de Harley-Davidson qui sont alignées devant, aucun doute, ils sont là.

Dans la petite ville de Grants Pass, Oregon, on a, soit le bar *O'Donnell's* avec le « O » caractéristique en forme de roue de moto sur leur logo, soit le club de strip-tease un peu glauque, très loin à la limite de la ville, soit *Grants Pass Bar & Grill*. D'habitude, on va au grill ou bien on rencontre quelques amis de Holly chez eux pour boire des verres.

À cette heure-ci de la soirée, le *Bar & Grill* doit être rempli de familles qui finissent de dîner. Vu qu'il est vingt et une heures et que nous sommes jeudi, le *O'Donnell's* semble le seul endroit possible.

L'intérieur est bien arrangé. Tout est en bois, façon maison de bûcheron, ce qui donne au lieu un aspect chaleureux et intime. Le bar en acajou brillant, aux coins arrondis, est installé à droite, le long du mur. Les gros fauteuils disposés devant sont recouverts d'un cuir moelleux rouge ourlé d'un passepoil doré sur les dossiers. Accroché au mur derrière le bar, un grand miroir sur lequel est peint le logo avec, en dessous, la mention « Propriété et gérance : The Pride ».

Cette inscription m'est familière, on peut la lire dans différents lieux de la ville. Il y a même une salle de gym, pas très loin de mon studio de danse, où est écrite la même phrase sous leur logo. J'ai déjà entendu parler du Hero's Pride Motocycle Club, mais pas assez pour m'en faire une opinion. D'après ce que je sais, les bikers sont plutôt des mecs costauds, agressifs, un peu hors-la-loi et qui ne veulent surtout pas s'intégrer dans la société. Récemment pourtant, j'ai eu l'occasion d'en croiser un ou deux qui venaient déposer ou rechercher mes élèves ; sincèrement, ceux que j'ai rencontrés, spécialement les femmes bikers, ou « *biker beauties* » comme on les appelle, étaient tout à fait sympathiques.

– Allez viens, prenons un verre, me dit Holly en m'attrapant par le bras.

Elle m'entraîne vers le bout du bar où s'agglutine un monde fou. Un homme impressionnant, portant un gilet de cuir, est assis juste dans le coin. Ses bottes de moto installées sur le repose-pieds du tabouret surélevé, ses muscles monstrueux se dessinant sous son tee-shirt trop serré, il est planté là ; ses cheveux sont aussi longs que les miens, si ce n'est plus longs, ils descendent en bataille le long de ses joues. Bien calée entre ses cuisses, une étonnante jeune femme aux formes plantureuses et portant des cheveux d'un noir de jais est en grande conversation avec le barman.

J'écarquille les yeux, le regard fixé sur le tee-shirt blanc et le jean que porte le costaud qui jette sa tête en arrière en éclatant de rire quand il entend ce que la femme brune vient de lui chuchoter à l'oreille. Son cul est maintenant tourné face à son homme.

Je reste bouche bée en observant la scène. Le mec imposant qui a de curieux sourcils en forme de triangle grimace un sourire diabolique au moment où il pose ses mains sur les hanches de la femme en me faisant un clin d'œil. Quoi ? Un clin d'œil à une autre femme alors qu'il est en train de peloter celle qu'il a sur les genoux ?

L'homme embrasse la femme dans le dos, là où il a relevé son chemisier :

– Mon chaton, je sais que tu as du public, mais calme-toi un peu, veux-tu ? lui dit-il assez fort pour que la femme et le barman l'entendent.

Quelques têtes qui lui ressemblent s'intéressent maintenant à Holly et moi.

– Qu'est-ce qui se passe, ma petite ? On ne t'a jamais vue ici ? À ce que je vois, tu t'es finalement échappée de l'emprise de la librairie pour venir faire un tour en ville ! Les drinks sont commandés !

Aidée par son homme, la brune se relève avant d'embrasser mon amie :

– J'ai été tellement occupée par les jumeaux et la boutique que je ne t'ai pas croisée depuis un bon bout de temps !

– Shay, tu es superbe ! Quel âge ont les bébés, maintenant ? J'ai l'impression que, pas plus tard qu'hier, tu étais prête à exploser, mais… regarde-moi ça : pantalon de cuir, petit haut ajusté et toujours un corps de rêve ! Quoi ? Tu en train de me dire que tu as eu tes bébés et que tu es déjà dans cette forme en à peine un mois ? Incroyable !

Le grand costaud nous décoche un large sourire bien blanc avant de mettre son bras musclé et tatoué autour de la taille de sa femme.

– Si elle me laisse la remettre enceinte, elle reprendra sûrement quelques kilos, mais je me garde toujours le droit de casser la gueule à celui qui osera poser un regard obscène sur ma femme.

L'air un peu énervée, Shay se retourne dans ses bras. De longues tresses lui pendent dans le dos.

– Arrête ! Tu faisais plus l'homme des cavernes quand j'étais enceinte des jumeaux que maintenant. Je préfère te prévenir, tu as intérêt à me laisser tranquille jusqu'à ce que les jumeaux soient propres. Pas question de changer les couches de trois gamins plusieurs fois par jour. Ça, non !

– Holly, ma fille, qui est ton amie ? me demande l'homme musclé en me tendant la main. Je m'appelle Rex, ajoute-t-il avant de désigner la jolie brune d'un hochement de tête. Elle, c'est Shay, ma chérie.

À mon tour, je lui serre la main, trop heureuse qu'il ne m'ait pas fait mal en me broyant les os. Les mecs costauds comme lui ont tendance à ne pas connaître leur force, mais Rex a l'air un peu différent.

– Oui, désolée, je vous présente Anya, ma meilleure amie. Elle a déménagé pour venir ici, il y a trois mois. On est colocs.

Rex lève le menton en signe d'approbation ; Shay agite un doigt tout en restant calée contre son homme.

– Heureuse de faire ta connaissance. Laissez-nous vous offrir un verre.

Rex ne peut s'empêcher de lâcher un petit sifflement. Le bel homme au tee-shirt blanc fait un pas vers nous et s'adresse au barman :

– Whip, un verre pour les amies de Shay, lui demande-t-il d'une grosse voix.

Le barman, qui répond au nom démodé de Whip, remarque d'abord Holly avant de poser son regard sur moi.

Interloquée, le souffle coupé, je suis éblouie : deux yeux d'un vert magnifique m'entraînent vers les profondeurs d'un abysse délicieux. Je pose une main sur le bar et me rapproche, incapable de regarder ailleurs. À peine si j'arrive à bredouiller :

– Hum… du poison ?

– La boisson de ton choix, me répond-il en ricanant.

– Je ne sais pas très bien, je n'ai pas trop l'habitude de boire. Seulement un peu de champagne, mais rarement.

À ce moment-là, Holly pose bruyamment son sac sur le bar et s'installe à côté de moi en me faisant sursauter comme une chatte effrayée.

– Allons, des vrais shots ! De la tequila, ventres à bière ! lance-t-elle en relevant ses lunettes cerclées de noir.

M. Whip, puisque c'est son nom, pouffe de rire. Quant à moi, je sens mes joues rougir, j'ai chaud partout. J'essaie de m'éloigner du bar, mais le mec baraqué me retient par la main en m'attrapant assez fort pour m'immobiliser, mais assez délicatement pour ne pas me faire mal.

– Ne t'en va pas comme ça, Bella. Comment t'appelles-tu ?

– Anya.

– Anya ? Joli nom pour une jolie femme.

– Euh… c'est très gentil.

Je regarde ailleurs. J'aperçois plus loin Shay et Rex qui se marrent comme des fous en échangeant des blagues. La vraie blague, c'est moi. Je ne suis pas très à l'aise avec les gens, je suis bien plus à ma place sur une scène, éloignée de ceux qui pourraient me parler. Je préfère les enfants. Tout ce qu'ils disent est direct et franc, même si parfois ils sont un peu brutaux. Malgré tout, je préfère ça plutôt que de ne pas savoir ce que les gens pensent vraiment de moi… et de constamment m'en soucier.

Maintenant, j'ai les mains moites et je ferme les poings en me disant que j'aurais dû trouver une bonne excuse pour ne pas sortir ce soir. Ce genre de phrases toutes faites n'existent que pour accrocher les gens qu'on ne connaît pas. Qui es-tu, d'où viens-tu, qu'est-ce que tu fais ? Moi, c'est simple, ma vie était foutue à la seconde même où mon partenaire m'a laissée tomber. Tu parles d'une belle façon de commencer une conversation !

L'homme superbe aux yeux incroyables continue :

– Mon vrai nom est Shane, mais tout le monde m'appelle Whip.

En entendant à nouveau ce prénom étrange, l'air étonnée, je lui demande :

– Whip[1] ? Comme dans la crème fouettée ?

Trop tard, j'ai parlé trop vite. Je voudrais ravaler mes mots, quelle stupide question !

Soudain, les beaux yeux verts deviennent plus sombres. La bouche entrouverte, Whip s'immobilise en me dévisageant. Une intense connexion remplit l'espace qui nous sépare. Le courant

1 *Whip* : fouet, en anglais. *Whipped cream* : crème fouettée. (NdT, ainsi que pour les notes suivantes)

passe. L'électricité jaillit comme l'éclair. Je me rapproche du bar, je suis si près que le bord s'enfonce dans mon ventre… il bouge la main, vient frôler mon visage, je respire un grand coup… Juste au moment où il va me toucher, quelqu'un me bouscule.

– Hey, les shots ne vont pas se servir tout seuls. Ne t'inquiète pas, Anya sera toujours là quand tu vas les rapporter, s'exclame Holly, impatiente.

Elle m'attrape par les épaules et me balance de droite à gauche. Whip ne répond rien et continue à me regarder droit dans les yeux.

– Je ne sais pas ce qui se passe, finit par dire Shane en pointant du doigt nos deux corps, mais nous allons continuer ; de préférence ailleurs, en privé, continue-t-il en se retournant vers Holly, l'air furieux. Là où les autres ne vont pas nous interrompre.

Cette fois, j'ai la boule au ventre. Je ne me suis pas retrouvée seule avec un homme, si ce n'est avec les danseurs de la compagnie, depuis que j'ai quitté Anchorage pour New York. J'avais alors dix-huit ans et je voulais rejoindre l'American Ballet Theatre. C'est même à ce moment-là que j'ai perdu ma virginité avec ce si gentil (tu parles !) partenaire qui m'a fait la cour pendant des mois avant que je me laisse faire.

Une fois que je m'étais abandonnée, il m'a dit que je n'étais pas une affaire au plumard. Après ça, il me regardait à peine pendant les répétitions, alors que ses yeux lançaient des flammes dès qu'il était en scène. J'ai fini par apprendre qu'il s'était tapé plein de jeunes femmes innocentes en leur promettant de les aider à gravir les échelons. Un jour, il est tombé sur la fille du chorégraphe ; il s'est ensuite fait foutre à la porte de la compagnie pour mauvaise conduite. Dieu merci !

Après lui, je n'ai jamais couché avec un autre homme. Je ne pouvais pas. Rien ne devait s'interposer entre moi et mon irrépressible aspiration à devenir la plus grande danseuse étoile du monde. Maintenant, je ne suis plus rien. Même plus assez bien pour le superbe mec qui se trouve derrière le bar. Celui avec un beau sourire et un corps encore plus génial. Il pourrait se taper n'importe quelle nana dans ce bar, ce qu'il a probablement déjà fait.

Je me gratte la gorge et relève la tête avant de lui répondre :

– Ça, je ne crois pas.

Tout de suite, il fronce les sourcils et serre les dents. Sans dire un mot, il se retourne et sert les bières et les shots que Holly a commandés. Je me recule légèrement sur le côté pour ne pas avoir à regarder l'homme pour qui je ne devais sûrement pas être assez bien.

Au bout de deux heures, je sirote encore une bière plutôt amère après avoir bu un seul shot de tequila. L'alcool fort m'a brûlé la gorge en me laissant la bouche assez engourdie pour m'empêcher de parler pendant un moment ; j'ai donc décidé d'en rester là. Holly, en revanche, n'y va pas de main morte. Après trois shots et deux bières, je lui ai subtilisé ses clés de voiture et les ai glissées dans mon petit sac à main.

On a passé toute la soirée à discuter avec Shay et Rex. Ils sont vraiment très sympas. J'ai découvert que Shay est la propriétaire de la boutique *Biker Babe* devant laquelle je passe quand je me rends au studio ; Rex, son homme, est vice-président du Hero's Pride Motocycle Club ; son père, lui, en est le président et Shane, alias Whip, n'est autre que son frère jumeau… et, bien sûr, membre du club. J'évite de trop mentionner le nom de Shane et fais tout pour changer de sujet quand elle commence à parler de lui. J'évite aussi de le regarder quand elle veut absolument l'inclure dans la conversation pendant qu'il n'arrête pas de servir des verres au flot continu de gens qui se pressent au bar pendant toute la soirée.

Rex me fait un vrai topo sur le Motocycle Club. Il m'explique tout sur chacun des membres, les actifs, les retraités, les anciens fonctionnaires, les militaires. Que ce soit les flics, en passant par la CIA, les médecins, les pompiers, jusqu'à ceux ayant appartenu à des sociétés secrètes, ils ont tous servi l'État d'une façon ou d'une autre. Ils sont une famille unie et soudée. Ils s'entraident. Rex m'apprend qu'ils ont même des hommes d'affaires possédant des business en ville comme le *O'Donnell's* et une salle de gym, pour ne mentionner que ceux-là et, bien entendu, un atelier de réparation et de restauration, spécial motos. Enfin, ne pas oublier la boutique de Shay. Au bout du compte, je ne suis pas certaine d'avoir vraiment compris comment ils sont impliqués dans toutes ces affaires.

Plus la soirée s'avance, plus je vois d'hommes arborant leur gilet de cuir, avec la tête du lion rugissant au milieu du logo du

Hero's Pride et le mot Oregon juste en dessous. Rex nous apprend également que, en dehors du président et du vice-président, il existe quelques postes à responsabilité parmi lesquels on trouve un « nettoyeur » et un secrétaire général. Ils font tous beaucoup pour Grants Pass : débarrasser la ville du trafic de drogue, aider les assistants du shérif quand ils en ont besoin, s'impliquer à lever des fonds dans bon nombre d'œuvres de charité... le véritable sens de tout ça, je dois encore le découvrir.

À part mon indéfectible attirance pour Shane, qui ne se cache pas pour constamment m'observer, la plus surprenante partie de la soirée est le moment où je rencontre sa mère. Magdalene, ou Mags comme ils l'appellent. Voilà peut-être la femme la plus intéressante que j'ai rencontrée dans ma vie. Quand elle arrive dans le bar, les hommes lui réservent un accueil chaleureux en sifflant et braillant tout ce qu'ils peuvent. Elle leur répond en soulevant sa forte poitrine et la fait ballotter sous les yeux des hurleurs qui en redemandent. Elle arrive avec, dans son sillage, des femmes très légèrement vêtues qui la suivent pas à pas en imitant chacun de ses gestes, comme si elle était la reine des abeilles.

Cette femme a sûrement la cinquantaine passée, mais je ne lui en donnerais pas plus de trente-cinq. Elle ressemble terriblement à Shay. Un modèle plus réduit malgré tout, habillé de façon plus olé olé que sa fille.

– Shay-la-la, comment va mon bébé ? lui demande-t-elle en la prenant dans ses bras. Tu as l'air bien en forme à ce que je vois, ajoute-t-elle en regardant sa fille sautiller en cercle autour d'elle sous l'effet des tequilas.

– M'an, je te présente Anya et je suppose que tu te souviens de Holly, la libraire ?

Mags fait un grand oui de la tête en faisant trembler son énorme masse de cheveux.

– Bien sûr ! Même si je n'ai pas eu l'occasion de rentrer dans la librairie depuis un bon moment. Comment vas-tu, ma douce ?

Holly et Mags rattrapent le temps perdu, moi j'en profite pour m'asseoir et j'écoute. Les femmes qui sont arrivées dans le sillage de Mags ne sont autres que les filles du club. Des femmes qui traînent autour des bikers, leur font passer le temps, partagent leurs repas et, apparemment, couchent avec eux dans leurs moments perdus. Ce qui me met tout à fait mal à l'aise et que je trouve scandaleux. En même temps, ma babouchka ne m'a-t-elle pas appris à ne pas juger si je ne voulais pas moi-même être jugée ? Un conseil que j'ai toujours appliqué. Malgré tout, j'ai un petit problème avec ce concept de « fille de club » qui me semble être une expression déguisée pour désigner une fille facile, voire une pute. Tout dépend si elles se font payer ou pas. Je suis bien trop timide pour poser une telle question, et puis, en ai-je vraiment le droit ? Peu importe, la femme que Rex appelle « la » vieille chérie et à laquelle se réfère Shay sous le nom de « la reine » est bien plus qu'intéressante. Quand elle se dirige vers le bar, que ce soit Shane ou Whip – ou quel que soit son nom à celui-là (j'aimerais mieux quelque chose comme : éternellement beau) –, ils se précipitent sans hésiter pour poser devant elle trois shots d'un liquide clair qui ressemble bien à de la tequila.

Mags attrape un verre et le descend d'un seul coup. Même chose pour les trois qu'elle avale à la suite. Après un « ahh… » de satisfaction, elle se tourne vers moi :

– Quelqu'un t'a mangé la langue, Pied d'étoiles ? me demande-t-elle alors qu'elle sait parfaitement que je m'appelle Anya.

– Pied d'étoiles ? je demande, surprise.

Mags ne peut s'empêcher de me faire la tête d'un chat qui viendrait de se régaler d'un canari. En agitant un ongle recouvert de vernis rouge devant moi, elle ajoute :

– Tu ressembles à une danseuse.

Je serre les dents et relève le menton, me préparant à recevoir une série de questions que je précède d'un tout simple :

– Ex-danseuse.

Mais non, pas de questions supplémentaires. Elle se contente d'acquiescer de la tête. J'en profite pour changer de sujet.

– Je suis heureuse de faire votre connaissance.

Une fois encore, elle ne répond pas ; elle esquisse juste un petit mouvement de sourcil qui a le pouvoir de me retourner les tripes.

– Je veux dire, je vous trouve très belle, votre look a quelque chose d'unique. Tout le bar a l'air de vous aimer autant que votre fille, et puis… j'ai l'impression que vous vous êtes constitué votre propre harem de femmes légèrement vêtues. Je n'ai... je n'ai jamais vu une chose pareille.

Elle m'adresse un si large sourire que les coins de ses yeux se mettent à plisser. Elle penche ensuite la tête et scanne scrupuleusement ma silhouette.

– Absolument superbe, dit-elle, une main sur la joue, le problème, c'est que tu ne le sais pas.

Je profite de cette petite bouffée de bonheur que me procure son évaluation mais qui, aussi, ajoute à mon stress.

– Je... je... hum... merci.

– Tu es tout à fait le type de femme qui plaît à mon fils. Des jambes qui peuvent s'enrouler deux fois autour d'un homme, blonde... tu es trop mince, mais on devrait pouvoir arranger ça avec nos méchouis et nos fêtes du club. Qu'est-ce que tu en penses, toi ? demande-t-elle à Rex en lui donnant un coup de coude.

Il passe un bras autour de sa taille et lui colle un petit baiser furtif sur la joue.

En voyant ça, Shay attrape son homme par la tête et le force à la regarder. D'une voix un peu alcoolisée, elle bredouille :

– Dis donc, toi, tu n'embrasses qu'une seule O'Donnell... c'est moi, ok ?

Elle veut pointer du doigt la poitrine de sa mère, mais en loupant son geste, elle se griffe un sein avec le pouce.

– Zut !

Du coup, Rex en profite pour embrasser sa poitrine à travers son chemisier jusqu'à ce qu'elle se mette bêtement à glousser.

– Femme, tu es jalouse de ta mère ? lui dit-il en frottant son nez contre le sien.

– Justement... tu l'as vue, ma mère ? Elle est super-sexy ! Évidemment que je suis jalouse !

Elle le taquine avec ce petit jeu qui, j'imagine, est une forme de préliminaire pour ce couple marié avec des enfants encore petits qui les attendent à la maison.

– C'est pour ça que je suis venue. Shane m'a appelée pour me dire que vous aviez un peu trop bu tous les deux. Riot garde un œil sur les jumeaux à la maison. J'ai dit aux filles que je descendais prendre un verre... quelques autres ont suivi.

En entendant sa mère, Shay fronce les sourcils et fait la moue :

– Mais… je croyais que tu les gardais toute la nuit.

– Du boulot pour moi, ajoute Rex.

– Tu ne veux jamais t'éloigner de tes bébés. Ton chaton avait juste envie d'un peu de bon temps avec son homme, lui dit Shay en tapant sur sa poitrine couverte de cuir.

– Désolé, ma petite chérie. Les gamins ont commencé leur cirque. Je voulais que Swayze et Trace fassent une bonne nuit, on les a donc ramenés à la maison. Maintenant, il faut y aller. Je vous mets dans la Stang avant que ton père ne tourne en bourrique.

Mags tend ses clés à un grand type tout mince qui ne doit pas avoir plus de vingt ans. Lui aussi porte un gilet de cuir, mais sur le sien, l'écusson dit : aspirant.

– Tu conduis, Brandon.

– Ok, Mags.

Apparemment, Mags conduit une voiture qu'elle appelle Stang. Une Mustang, je présume. Ces voitures sont super-cool, elle doit faire d'elle la mamma biker parfaite.

– J'étais contente de te revoir, Holly Berry, dit Shane à mon amie en plaisantant. Et toi de te rencontrer, Pied d'étoiles, ajoute-t-il en reprenant le surnom que sa mère m'a donné.

– Moi aussi, je réponds en faisant un signe de la main.

Elle nous sourit et prend son homme par la taille. Il se lève et la met sur son dos, les jambes enroulées autour de son gilet.

– Je vais te baiser jusqu'à ce que tu oublies que tu t'appelais O'Donnell et te rappeler que tu es et restes une Crawford pour toujours.

Shay agite ses bras en l'air comme une vraie cheerleader et hurle :

– Whou hou !

Il ne l'a pas laissée tomber, il a parfaitement accompagné son mouvement. Son mari est très attentionné pour elle.

J'aimerais bien connaître ce bonheur un jour, mais je n'ai pas assez à offrir à un homme aussi formidable que Rex… ou que Shane. En me retournant, je vois que le fils observe sa mère, sa sœur et son beau-frère jusqu'au moment où ils disparaissent par la porte. Puis son superbe regard vient croiser le mien.

Aussi vite que l'éclair, je sors quelques billets de vingt dollars de mon sac, les dépose sur le bar et vais rejoindre Holly qui s'égosille devant le juke-box. Elle danse dans le petit espace qu'elle s'est approprié sans se soucier du reste du monde. Je l'accompagne vers la même porte par laquelle ses amis sont sortis.

Avant de quitter le bar, je ne peux m'empêcher de jeter un dernier coup d'œil derrière moi en direction du plus bel homme – aux yeux qui pénètrent votre âme – que j'aie jamais rencontré.

Justement… ces yeux-là me regardent intensément, mais c'est sa bouche qui retient toute mon attention. Il m'adresse un sourire et je devine les deux mots qui sortent de ses lèvres en faisant parcourir un frisson dans mon dos :

– À bientôt.

CHAPITRE 2

Whip

– Mon petit tournesol, si tu ne te magnes pas le popotin, tu vas être en retard à ta répétition ! je crie depuis le salon alors que Shayna est en train de glisser ses chaussons de danse dans mon sac à dos.

Elle prend aussi des petits biscuits, une briquette de jus de pomme, deux bouteilles d'eau et de quoi se changer au cas où elle en aurait besoin. À force de m'occuper de ma fille, j'ai vite appris le b.a.-ba : les enfants salissent toujours leurs vêtements. S'il y a une chance de renverser quelque chose, de faire une tache ou de déchirer une tenue, c'est pour eux. Ma fille n'aime pas ça, elle est ma parfaite petite princesse biker.

– Papa, je n'arrive pas à mettre mes cheveux comme M'zelle M et je les veux comme elle !

Elle arrive habillée d'un justaucorps noir avec des collants rose pâle et un tutu assorti autour de la taille. Ce soir, c'est la répétition avant son premier concours de danse. Elle ne prend des cours que depuis six mois, mais je suis déjà tout excité à l'idée de voir ma petite fille sur une scène. J'ai hâte. J'ai demandé chez *O'Donnell* de ne pas travailler ce week-end pour pouvoir assister à la répétition d'aujourd'hui et à la représentation de demain. Ma fille doit savoir que je serai toujours là pour les événements importants.

Malheureusement, en tant que père célibataire, je dois faire confiance à ma famille et à The Pride, avec les frères qui sont en réalité une extension de ma propre famille, pour m'aider à gérer au quotidien les besoins de ma fille qui aura bientôt cinq ans. D'habitude, c'est Riot, mon père, qui la conduit à ses cours de danse, parce que Mags s'occupe du repas des gars au club-house. S'il n'est pas libre, un frère ou une fille du club l'accompagne à sa place. Souvent, c'est Lacey qui s'y colle, ce que je déteste par-dessus tout ; je ne veux rien devoir à cette salope. Shay, ma sœur, ne peut ni l'emmener ni aller la rechercher, parce que ça correspond aux heures de pointe chez *Biker Babe*, sa boutique. Un jour, peut-être, je trouverai la femme idéale pour Shayna et moi, une femme qui équilibrera sa vie et la mienne et qui sera là pour partager les tâches.

Ce n'est pas que ma fille soit vraiment un poids, elle est plutôt la lumière de ma putain de vie. Mon monde tourne autour d'elle. Pour arriver à prendre soin d'elle, à lui offrir ce qu'elle veut et surtout ce dont elle a besoin dans la vie, il faut que je travaille au bar. Je gagne bien ma vie – comme tous les frères –, mais ça n'a rien à voir avec ce que je me faisais quand j'étais dans l'armée.

Mon bébé fait la grimace et tape du pied en montrant sa queue-de-cheval de travers :

– C'est raté !

– Laisse-moi arranger ça, bébé, viens ici.

Elle me rejoint et se retourne :

– Mais, papa, je la veux comme les danseuses, en cercle comme ma prof… elle est tellement belle, je veux être comme elle, papa !

– Tu veux dire un chignon en forme de donut ?

Tout à coup, sa petite tête blonde se met à faire des mouvements de haut en bas :

– Ouiiii ! Comme un donut ! Comme la jolie M'zelle M.

– Tu la trouves jolie, toi, cette M'zelle M ? je lui demande en lui mettant un élastique.

Je tire ensuite sur ses cheveux pour en faire une sorte de corde que je tourne en vrille avant de les ramasser en cercle. C'est Shay qui m'a montré comment faire. Une fois que je lui ai installé le petit chignon, au sommet du crâne, je le fixe avec un autre élastique en faisant deux fois le tour. Shayna lève son bras, à son poignet elle a mis un gros élastique bouffant rose. Je finis par enrouler le tout avec ce chouchou, et le tour est joué !... Et c'est pas mal du tout !

– M'zelle M est la fille la plus belle dans tout le monde entier, papa ! Je veux être comme elle quand je serai grande ! ajoute Shayna avec sa voix et ses mots de petite fille.

Je pouffe de rire et la retourne pour lui faire face. J'ai l'impression que ses yeux bleus n'ont pas de fond. Bleu ciel. La couleur de ceux que j'ai croisés il y a peu de temps. La couleur de ceux de la femme qui vient hanter mes fantasmes jour et nuit depuis que je l'ai rencontrée au *O'Donnell* avec son amie Holly. Je ne sais encore rien sur cette Anya. Quel est son nom de famille, où vit-elle ? La seule chose que je sais, c'est qu'elle est proche de Holly, mais je n'ai pas encore eu le temps de passer à la librairie pour recueillir de plus amples informations.

Il va falloir y songer.

Même si je dois y passer des semaines, je retrouverai la beauté blonde. Ma queue durcit dès que je pense à cette femme sublime. Ouais, je sens que je vais partir en chasse dans peu de temps.

– Papa, tu ne m'écoutes pas, me dit Shayna en me caressant les joues.

– Pardon, mon bébé. Il faut qu'on y aille cette fois, sinon on va être en retard. Enfile tes baskets pour le moment, ça t'évitera de salir tes chaussons de danse.

– Ok, papa. On prend la moto ?

Je ne peux m'empêcher d'esquisser un petit sourire. Mon bébé adore faire un tour à moto avec mon père ou avec moi. Personne d'autre que nous n'a le droit de prendre ma fille sur sa bike ; ça, pas question, mais c'est vrai qu'elle aime quand on l'emmène. Shay dit qu'elle est une chérie à biker en formation. Je me dis qu'il y a pire que de l'imaginer vivre avec un biker qui pourrait un jour faire d'elle sa femme... et la chouchouter comme fait mon père avec ma mère. Bordel, même Rex, le mari de ma sœur, n'est pas loin d'adorer le sol sur lequel elle pose les pieds. Je veux qu'un jour ma fille vive la même chose. Dans vingt ans peut-être... qui sait.

– Mon cœur, on ne va tout de même pas abîmer ton joli chignon en le coinçant sous un casque ni prendre le risque de salir ta tenue. Papa te fera faire un tour ce week-end.

– Ok p'a, tu promets ?
– Je te le promets, mon petit tournesol. Maintenant, allons-y !

***

On a remonté la rue principale de la ville en pick-up. Mon bébé n'a pas arrêté de papoter et de répéter combien elle était excitée à l'idée de monter sur scène demain. Je donne deux petits coups de klaxon en passant devant le *Champ Gym*, la salle de sport qui appartient au club, mais dont mon frère Champ a la gérance, comme pour la salle de boxe. À sa création, c'est le club qui a pris la majorité du capital, ce qui veut dire que nous en possédons chacun un morceau ; en conséquence, beaucoup de frères travaillent là en alternance. C'est la même chose pour le bar. Ce qui nous permet de faire rentrer de l'argent, sans oublier les nuits de charité en combats de boxe qui lèvent aussi pas mal de fonds pour la communauté. En revanche, comme ma famille a pris la totalité du capital pour fonder *O'Donnell's* et que le club nous a beaucoup aidés pour les travaux, cinquante pour cent du bénéfice est pour la famille et cinquante pour cent pour le club. Je touche un salaire, vu que j'en suis le gérant, idem pour Champ à la salle de gym. Les revenus restants, eux, sont partagés à parts égales entre les frères. Le système fonctionne bien tel qu'il est et chacun vit à son aise. Bien sûr, personne n'est riche, mais nous gagnons assez pour nos besoins de base et assez pour nous offrir des extras. Sincèrement, je ne vois pas de meilleure façon de vivre... hormis le fait que j'aimerais bien trouver une femme avec qui tout partager. Choix délicat, je dois faire attention. Ne pas seulement penser à moi et à ma queue, j'ai aussi une petite fille de presque cinq ans qui a besoin de trouver une mère pouvant bien s'adapter à elle pour remplacer cette merde de junkie qu'est sa mère biologique. Depuis des années que je recherche Jess, je n'ai jamais pu la retrouver. Après tout, bon débarras.
– C'est ici, papa !

Shayna pousse un cri quand nous passons devant le studio de danse appelé tout simplement *Sur les pointes* avec au-dessous, en plus petit, la mention *Danse classique et moderne*.

– Ne t'inquiète pas, mon petit tournesol, je vais me garer là-bas.

Je trouve une place un peu plus loin sur la route et je sors du véhicule. Ma fille ne sait pas encore très bien comment se débrouiller avec la poignée de la porte quand elle est avec moi dans le camion. Je fais toujours bien attention à ce qu'elle soit en sécurité quand elle rentre et sort de ce véhicule surélevé. Je lui ouvre donc la porte, elle saute dans mes bras et m'embrasse sur la joue. Je place mon bras sous son petit derrière et la jette sur mon épaule avant d'attraper le sac.

– Je suis tellement contente, s'exclame-t-elle en donnant de légers coups de pied contre moi.

J'éclate de rire pendant que nous nous dirigeons vers l'entrée du studio. Une fois à l'intérieur, je me rends compte qu'il est bien plus grand que ce que je pensais. On arrive dans un endroit où sont disposées une vingtaine de chaises, toutes occupées.

Shayna remue ses jambes pour descendre ; je la fais glisser et la dépose par terre. Elle me prend par la main :

– Par ici, papa !

Je suis ma fille à travers la foule des parents qui s'affairent dans tous les sens. Quelques hommes s'écartent en apercevant mon gilet ; ils me font un signe de tête que je prends pour du simple respect. Pas mal de femmes me dévisagent en chuchotant à l'oreille de leurs amies ou de leurs maris comme si elles conspiraient.

The Pride déclenche deux types de réaction, l'une positive, l'autre négative ; rien entre les deux. Soit les gens savent que nous sommes un club qui aide au renforcement de la loi, qui possède des affaires payant honnêtement ses impôts et qui participe à de nombreux événements de charité, soit les gens pensent que nous ne sommes que des mauvais garçons qui font du boucan partout et qui salissent leur ville. Je ne prête aucune attention à la deuxième possibilité.

Shayna se fraie un chemin parmi les gens et m'entraîne vers un couloir qui s'ouvre sur un énorme studio de danse. Le sol est recouvert d'un plancher super-brillant comme on en voit dans la plupart de ces lieux. Trois des quatre murs ne sont que d'immenses miroirs qui vont du sol au plafond ; chacun, en revanche, est coupé d'une barre en bois placée à une hauteur différente. De grands haut-parleurs cubiques sont disposés dans les coins ; à part ça, la pièce est sans fioritures, rien à dire.

Quelques couples de parents s'agitant au milieu se poussent bientôt sur les côtés où sont disposées toute une série de chaises pliantes. Soudain, une jeune femme apparaît.

Mon Anya !

Elle porte un petit justaucorps noir hypermoulant avec une sorte de jupon un peu froissé qui lui part de la taille et qui descend jusqu'à mi-cuisses. Ses jambes sont recouvertes d'un collant rose pâle, exactement comme celui de ma fille, sauf que sur Anya, c'est le truc le plus sexy que j'ai jamais vu. Elle porte aussi une paire de chaussons de danse en satin rose. Pas comme ceux de ma fille ; les siens sont doux et souples. Tout ce que porte Anya semble élégant et incroyablement féminin.

– Papa ! Papa ! il faut que tu rencontres M'zelle M.

Shayna a beau me tirer sur le bras, je suis comme pétrifié sur place.

Anya est là, face à un couple, ses mains bougent comme si elle battait la mesure d'une musique qui peut-être a un rapport avec le ballet de ce soir. Je la vois qui sourit doucement en penchant la tête, puis le couple s'éloigne pour rejoindre les chaises. Anya commence à tourner pour vérifier l'état de la pièce quand, tout à coup, nos regards se croisent et là… *Mamma mia* ! C'est comme si je venais de prendre un grand coup de poing en plein dans l'estomac qui aurait été donné par mon frère Champ sur le ring de la salle de gym. Je me caresse le ventre et reste planté là comme un idiot en dévisageant la plus belle femme du monde. Plus belle encore dans sa minuscule jupe de danse vaporeuse avec ses cheveux ramassés dans un chignon parfait et juste deux petites mèches qui retombent, encadrant le superbe ovale de son visage. Son cou paraît si long, si élégant, que j'ai envie de faire glisser mes lèvres sur le blanc perle de sa peau pour aller mordre dans le creux où il vient rejoindre son épaule. J'ai envie d'y laisser ma trace, pour que chacun la remarque.

Comme un vrai homme de Néandertal.

Anya me regarde avec des yeux de braise et ses joues se colorent d'un joli rose. Elle baisse la tête… et son être entier a l'air de s'illuminer au moment où elle voit ma fille. Shayna me lâche la main pour se précipiter sur sa prof de danse qui s'agenouille et la prend affectueusement dans ses bras. À mon tour, je me précipite et j'entends Anya lui dire :

– Alors... comment va ma danseuse étoile ce soir ?

– Tellement bien ! Et mon papa est ici ! répond Shayna en me montrant du doigt.

Je lui reprends la main et pose la mienne sur ses épaules.

– Tu es sa fille ? demande Anya, l'air surprise.

– Oui ! et il va rester ce soir... et sera là demain aussi ! dit ma fille, toute contente.

Anya sourit, me tend la main et bredouille :

– Monsieur O'Donnell, je suppose ?

Je prends alors sa main et la garde dans la mienne tout en laissant mon pouce traîner sur le dessus pour esquisser une caresse.

– Ouais... Madame M ?

– Markova. Anya Markova... c'est ici que j'enseigne.

Je porte sa main à mes lèvres et, doucement, embrasse chacun de ses doigts.

– Jamais je n'aurais imaginé te retrouver ici ! Si j'avais su, j'aurais tout fait depuis longtemps pour trouver un moyen de venir moi-même déposer et rechercher ma fille ! D'habitude, c'est surtout mon père qui s'en charge.

– Riot, c'est ça ? J'aurais dû faire la connexion entre vous deux, jeudi dernier.

– Tu vois, interrompt Shayna tout sourires, je t'avais dit, papa, M'zelle M est la plus jolie danseuse du monde.

– Elle est sûrement la plus belle femme sur laquelle j'ai jamais posé mes yeux, je réponds en laissant traîner mon regard de haut en bas sur son long corps tout fin.

Les joues d'Anya rosissent un peu plus, l'émotion gagne son cou et même son décolleté. Je me demande si d'autres parties de son corps prennent aussi cette délicieuse teinte rosée quand on lui fait un compliment. Elle retire sa main de la mienne et me regarde d'un air interrogateur. Moi, je sais que je n'ai pas fini de poser mes lèvres sur sa peau. Loin d'avoir fini.

– Je veux être toi quand je serai grande, M'zelle M.

Anya caresse les joues de ma fille et s'adresse à elle directement en brisant la connexion entre nous :

– Tu pourras devenir tout ce que tu veux, ma petite chérie.

Merde alors…

Ma fille est éblouie par sa prof comme si le soleil se levait et se couchait en elle. Putain, que je sois maudit si ce n'est pas exactement le même envoûtement qui vient de prendre possession de mon esprit et de mon corps !

– Si vous voulez bien vous asseoir, M. O'Donnell, dit-elle en me montrant les chaises disposées contre les murs.

– Whip ! je corrige.

– Whip, elle répond en se mordant les lèvres, si vous pouviez vous asseoir avec les autres parents, s'il vous plaît, nous avons une répétition qui nous attend, n'est-ce pas Shayna ?

– Oh oui ! Papa, j'ai besoin de mes chaussons, elle me demande d'un ton pressé en se débarrassant de ses baskets sur le plancher.

Je fais la grimace et hoche la tête, mais je dépose le sac à dos par terre. Je l'aide ensuite à enfiler ses chaussons. Elle se précipite pour rejoindre les autres danseurs qui attendent près du mur opposé. Après avoir rangé ses baskets dans le sac, je reste debout.

Maintenant plus à l'aise, je tourne la tête et je m'aperçois qu'Anya regarde mon cul. En réalisant que je l'ai surprise, elle écarquille les yeux, tellement elle se sent gênée et, en posant sa main sur sa poitrine, elle bredouille :

– Mon Dieu… je suis désolée. C'est tellement non professionnel de ma part…

– Arrête ! je grogne.

Immédiatement, elle se tait.

– J'aime quand tu me regardes. Dis-toi bien que mes yeux, et je l'espère, mes mains et ma bouche vont aussi se poser partout sur toi… c'est pour bientôt.

Elle cligne des yeux, adorable. Comme je l'étais moi-même tout à l'heure quand je l'ai vue, elle semble incapable de bouger.

Elle finit par regarder ailleurs et, en se frottant les mains, elle dit :

– Vous devriez vraiment vous asseoir, j'aimerais bien commencer cette répétition.

– Sans problème, je réponds en rigolant, surtout si tu me promets de sortir dîner avec Shayna et moi demain, après la représentation.

– Hum... je ne sais pas. Hum... je ne suis pas certaine que ce soit une bonne idée, répond-elle, hésitante.

– Quoi ? C'est une putain de parfaite idée, au contraire.

– M. O'Donnell, je ne peux pas sortir avec les parents de mes élèves. Ça ne se fait pas, ce serait un mauvais exemple, répond-elle en levant le menton comme si elle me défiait.

– Je n'en ai rien à foutre que ce soit professionnel ou pas. Il y a un truc important que tu dois comprendre concernant les bikers.

– Qui est ? demande-t-elle en remettant une mèche derrière son oreille d'une main tremblante.

– On n'abandonne jamais et on obtient toujours ce qu'on désire. Comme je te désire, et que je vois que tu me désires partout sur ton putain de corps, ce serait vachement plus facile si tu acceptais tout de suite de dîner avec ma fille et moi demain.

– Vous jurez beaucoup.

– Ouais, bébé, je réponds en souriant. Peut-être que j'ai besoin d'une danseuse étoile distinguée pour m'aider à corriger mes mauvaises habitudes.

Son visage change d'expression en une fraction de seconde. Finie la jolie petite blonde timide qui combattait contre son désir de sortir avec le biker mauvais garçon et père d'une de ses élèves. À la place, j'ai devant moi une femme froide et stoïque. Une femme qui, visiblement, a été cassée par quelque chose de bien plus profond que ce dont nous avons parlé jusqu'à présent.

– Je ne suis pas une danseuse étoile. En tout cas, plus aujourd'hui. S'il vous plaît, asseyez-vous, M. O'Donnell.

Cette fois, son ton est sévère et sans appel.

Sans ajouter un mot, elle frappe fort dans ses mains et crie par-dessus le brouhaha des familles venues voir leurs enfants répéter :

– On va commencer dans deux minutes, s'il vous plaît, tout le monde regagne sa place.

– Tu as gagné pour cette fois, Anya, mais les paris restent ouverts pour demain.

Elle prend une grande bouffée d'air et lâche un long soupir, visiblement excédée.

– Ici, on n'est pas en train de jouer, M. O'Donnell. On parle de ma vie et de celle de votre fille. Mon job, c'est de lui apprendre à danser et il se trouve qu'elle est très douée. Bien plus avancée que ses camarades et je n'ai aucun doute que vous allez pouvoir vous en rendre compte par vous-même dans un instant… si vous voulez gentiment vous asseoir à votre place, elle termine, les dents serrées.

Je fais la grimace et lui adresse un petit signe de la main. Elle est bien trop tendue pour que je continue la plaisanterie. Le plus drôle, c'est que, probablement, elle a dû penser que j'allais baisser les bras devant la distance qu'elle a essayé de mettre entre nous. Ce qu'elle ne sait pas, c'est que j'aime un bon défi et que ses fringues sexy, ses longues jambes, ses cheveux d'or et ses lèvres charnues, combinés avec son attitude distante, ne font que faire durcir ma queue… plus que jamais.

Bientôt, Anya Markova sera à moi.

Je pense à tout ça pendant que les enfants se placent sur une ligne. Je dois avouer que je suis surpris de voir les petits garçons avec des collants noirs et des tee-shirts moulants, mais il est vrai qu'ils sont utiles pour porter les filles quand elles remuent leurs jambes pour faire ce qui ressemble à des ciseaux dans l'air.

Alors que la musique continue, les petits bouts de chou tournoient tout ce qu'ils peuvent. Les uns se penchent d'un côté, les autres cherchent leur équilibre, quand ma fille s'avance juste au milieu du groupe et se met sur la pointe des pieds. Au même moment, j'observe Anya, restée sur le côté, qui se balance sur ses chaussons ; ses longues jambes avancent et reculent et font les mêmes mouvements que ceux de ma fille qui, hyperconcentrée, regarde à peine sa prof. Elle lance une jambe d'avant en arrière, tout en levant les bras au-dessus de sa tête, puis se met à tourner sur son petit pied en dessinant un cercle parfait avec l'autre jambe. Pour l'accompagner, Anya imite ses mouvements, synchronisée comme un écho à la silhouette de ma fille. Sauf que ses gestes sont plus matures, ce sont ceux d'une femme qui me met l'eau à la bouche.

Un des petits garçons s'avance vers Shayna et pose les mains sur sa taille ; il fait bien trente centimètres de plus qu'elle et doit être aussi plus âgé de quelques années. Tout de suite, je me crispe. Je n'ai aucune envie de voir un garçon toucher ma fille, même en classe de danse. Et, pendant que je serre les dents, le garçon soulève ma fille en l'air.

– Bordel ! je crie.

Sans réfléchir, je me lève d'un bond devant les autres parents, prêt à casser la gueule de ce petit crétin ou celle de son père. J'observe une seconde cette scène qui me crispe, mais, très vite, je reste bouche bée en voyant le garçon plus âgé faire tourner ma fille deux fois sur elle-même avant de la reposer délicatement au sol.

Anya se dirige vers moi et m'attrape par le bras. Elle m'attire sur le côté pendant que les enfants continuent leur démonstration. Bientôt, ma fille s'avance et salue avant de s'éloigner plus loin en dansant.

– Je vous interdis de vous mêler de ce qui ne vous regarde pas et de proférer des insanités devant mes élèves !

Le ton de sa voix est plein de colère, tout comme son visage qui s'assombrit. Elle serre les lèvres et ses yeux bleus me lancent des flèches avant d'ajouter avec véhémence :

– Je ne permettrai à personne de faire du mal à ces enfants pendant mes représentations. Ils ont répété cette pièce au moins trois fois par semaine et ce, depuis trois semaines. Ils ont atteint la perfection, de plus ce garçon est tout à fait capable de porter votre fille, beaucoup plus menue que lui. Il a six ans de plus qu'elle et pratiquait la danse depuis déjà longtemps avant d'arriver à mon studio.

– Je suis… Merde, Bella ! Je suis désolé ! je lui réponds en passant la main dans mes cheveux mal peignés. Elle est tout ce que j'ai dans ce putain de monde. S'il lui arrivait quelque chose, je ne sais pas de quoi je serais capable.

– Arrêtez ça ! En attendant, restez ici, elle répond en me désignant l'endroit où nous sommes. Là où je peux garder un œil sur vous pour le reste de la représentation.

– Merde, j'ajoute en lui faisant un large sourire. Si j'avais su que tu allais me demander de bouger mon cul pour me rapprocher de toi, je me serais mal conduit plus tôt.

Énervée, elle laisse échapper un râle avant de s'éloigner et de rejoindre les petits danseurs. La musique n'est plus la même. Tout à coup, je la vois qui sautille jusqu'au milieu des enfants où ma fille semble l'attendre.

La magie opère.

Les deux filles se penchent avec un large mouvement de leurs jambes et commencent à faire des petits sauts autour des autres danseurs installés au centre. Shayna est magnifique, tout comme sa prof, on dirait soudain qu'elle est née avec des jambes de danseuse.

Ensemble, Anya et Shayna bougent, pleines de grâce, en attirant les regards de tous dans ce qui ressemble à la danse d'une mère et de sa fille. À la fin, Shayna traverse l'espace et saute dans les bras d'Anya qui la soulève au-dessus de sa tête en la tenant par les côtes. Shayna étire ses jambes avant de les écarter dans un geste parfait ; Anya se met alors sur la pointe d'un pied, replie son autre pied sur le genou et reste ainsi en équilibre sur une seule jambe tout en gardant ma fille au-dessus d'elle. Putain, à bien regarder, elles ne reposent toutes les deux que sur un seul gros orteil ! Je n'ai jamais vu un truc pareil et je doute de le revoir un jour.

À ce moment-là, c'est clair : j'ai besoin de cette femme dans ma vie. Mais ce qui est plus important encore, c'est qu'elle ait besoin d'être dans celle de Shayna. Après des années passées à attendre la femme qui me convienne, voilà qu'elle apparaît, semblant sortir de nulle part.

Pour l'instant, je profite du spectacle de ma fille et de cette femme, que je vais bientôt faire mienne. Toutes les deux bondissent en dansant devant moi. Dès qu'à mon tour, je pourrai entrer dans la danse, Anya Markova deviendra ma chérie.

CHAPITRE 3

Anya

– À quoi je pensais en mettant sur pied une telle production avec des enfants allant de quatre à dix-huit ans ?

Je me précipite dans les coulisses du Community College comme si j'avais le feu aux fesses. Avec moi, j'ai embarqué quelques tutus et des barrettes en extra.

Holly me suit de près, les bras chargés des costumes que nous avons empruntés pour les ados. La représentation nécessite un changement de costumes pour les plus grands qui, non seulement, font les portés pour les petits mais qui ont aussi à danser une partie contemporaine, en plus du ballet classique que j'ai chorégraphié pour les enfants.

– Ça va être génial ! Mais je pense que tu as besoin de plus d'aide, Pied d'étoiles, me dit-elle en rigolant.

– Arrête de m'appeler comme ça, je lui réponds, agacée, en traversant le couloir de l'entrée où le groupe qui fait la partie contemporaine répète sa partie humoristique.

– Et pourquoi pas ? Ça marche très bien. Tu es la danseuse idéale. Si ça convient à Mags et à Shay, c'est parfait pour moi aussi !

Je pousse un grand soupir en m'avançant plus loin vers l'autre groupe qui a besoin des tutus.

– Voilà, mes petits chéris. Je les ai retrouvés dans un carton qu'on avait oublié d'ouvrir !

Et je leur tends les tutus comme des trophées.

Les gamines poussent des petits cris de joie, attrapent chacune leur tutu et se dépêchent de l'enfiler. Ce sont elles qui commencent parce qu'elles sont légèrement plus grandes que les autres. Vient ensuite la partie contemporaine, suivie des tout-petits, et enfin, les ados font leur entrée.

Holly a raison, j'ai besoin d'aide. C'est beaucoup pour une première représentation, mais je tiens à ce que tous ceux qui sont impliqués se souviennent de mon premier show. En plus, les enfants ont travaillé dur, je veux montrer aux familles le résultat de ce qu'ils ont fait en peu de temps.

Holly et moi rejoignons les ados. Dans une autre pièce, elle suspend les costumes sur les cintres d'un portant. Chacun est étiqueté avec son nom. Les filles se précipitent et s'esbaudissent devant leurs tenues couvertes de strass. Ce qui me fait chaud au cœur et me remplit de fierté. J'apporte quelque chose de différent – ce n'est sans doute pas grand-chose, mais c'est important – dans la vie de ces enfants. Je ne suis peut-être pas une danseuse étoile qui parcourt le monde sur des scènes où je me fais acclamer, mais, pour le moment, j'ai ça… et ce n'est pas si mal.

Après nous être assurées que ceux-là étaient prêts, nous allons voir comment vont les petits. Nous apercevons un groupe de filles agglutinées autour de quelqu'un.

– Qu'est-ce qui se passe ici ? je demande, les mains sur les hanches.

Plusieurs enfants s'écartent et je remarque Shayna assise sur une caisse, en larmes. Je me précipite :

– Mon Dieu ! Que t'arrive-t-il, Shayna ? je lui demande en m'agenouillant devant elle.

– Je… je… je ne peux pas danser, elle bredouille en hoquetant entre deux pleurs, j'ai trop peur.

– Oh, mon poussin, tu as juste un petit coup de trac, rien de plus. Toutes les danseuses étoiles sont angoissées avant une représentation. Rien de plus normal.

En remuant la tête, elle se met à crier :

– Je… je… veux rentrer à la… la… maison. Je… Je… veux mon papaaaa ! elle continue en reniflant, alors que de grosses larmes coulent sur ses joues.

– Ouh là là, je n'y connais rien, mais ça ne sent pas bon, murmure Holly derrière moi. C'est elle la star du show, n'est-ce pas ?

– Viens t'asseoir ici, ma petite chérie, je lui dis, un peu inquiète. Respire un bon coup, on va arranger ça. Il faut trouver son père, j'ajoute, le cœur battant.

– Ok, je reste auprès d'elle, va le chercher.

– Non... je ne peux pas quitter les coulisses. Il y a trop d'enfants ici, je ne veux pas de problème supplémentaire.

– Fais un appel au micro, me suggère-t-elle.

– Bonne idée !

Sans attendre, je me précipite sur le côté de la scène, j'attends que la musique s'arrête et que les danseurs aient quitté le plateau. J'entends le public applaudir et pousser des cris ; visiblement, ça leur a plu. Je lève les mains, les danseurs me font un check en passant ; ils ont tous l'air heureux et poussent des cris de joie.

Une fois les effusions terminées, j'attrape le micro sur pied et m'avance vers le milieu de la scène. Toute de suite, un spot vient m'éclairer... je suppose que d'avoir laissé la fille de l'éclairagiste suivre mes cours gratuitement a servi à quelque chose. C'est aussi grâce à lui que nous avons pu avoir le théâtre du Community College gratuitement. Installée bien au milieu, j'attends que le public se calme :

– Quelle belle prestation de nos dix-quatorze ans ! (Je fais semblant d'applaudir et le public recommence de plus belle.) Je veux profiter de cette pause entre deux parties pour vous remercier tous d'être présents ce soir. Les enfants ont mis les bouchées doubles pour en arriver là et je suis tellement heureuse que vous soyez venus nombreux pour les encourager.

Le public applaudit à nouveau et je dois attendre avant de poursuivre :

– En attendant la suite de la représentation, j'aimerais bien voir la famille de Shayna O'Donnell. Vous voulez bien vous lever, s'il vous plaît ?

Je ne suis pas vraiment préparée à ce qui va suivre. Au moment où je pose ma main en visière pour éviter l'éblouissement du spot et mieux voir le public, je reconnais Shane, mais je suis étonnée de le voir accompagné par une horde d'une vingtaine de types en gilet de cuir noir qui se lèvent comme un seul homme, tout fiers ; beaucoup sont accompagnés de femmes superbes. Je plisse des yeux en essayant de repérer celui que je cherche.

– Non… pas tout le monde, juste ses proches parents.

Personne ne s'assoit.

– Très bien… J'aimerais juste voir Shane ou Riot O'Donnell, je précise.

Ces deux-là, au moins, je les connais. À peine ai-je terminé de parler que les deux hommes descendent l'allée du milieu.

– La représentation reprendra dans à peu près cinq minutes avec la partie contemporaine, j'ajoute en souriant avant de disparaître sur le côté.

J'aperçois déjà Shane et Riot qui grimpent les escaliers quatre à quatre, le visage impassible et le regard fier.

– Quel est le problème avec ma fille ? demande tout de suite Shane avant que Riot rouspète à son tour : Où est mon petit bébé ?

Je pense n'avoir jamais entendu des voix si menaçantes, j'en ai la chair de poule.

– Pas d'inquiétude, rien de grave… juste un gros trac, elle veut rentrer à la maison.

– Je veux la voir, répond tout de suite Shane en baissant le ton.

– Je ne suis pas certaine qu'on ait besoin de vous deux, je suggère à Riot qui, les bras croisés, me regarde droit dans les yeux. Ou peut-être que si ? Faisons ce qu'il y a de mieux pour Shayna.

– J'aime mieux ça, répond Riot en grognant.

Je les fais passer dans les coulisses. Ils ne manquent rien du spectacle, regardant les accessoires et observant les enfants qui répètent leurs pas pour s'échauffer. Quand nous arrivons près de Shayna, les deux se frayent un passage parmi les gamins qui essaient de la calmer.

– Mon petit tournesol, vient ici, lui dit Shane.

Les joues pleines de larmes, sa fille relève la tête. Une lueur d'espoir éclaire soudain son visage, comme si le soleil venait de déchirer de gros nuages. Elle se jette dans les bras de son père et se remet à pleurer de plus belle, enfouie dans sa poitrine.

– Mon bébé… ajoute doucement Riot en lui passant sa grosse main dans le dos pour lui signifier sa présence et son aide.

Shane la laisse pleurer un petit moment avant de lui prendre la tête et de relâcher suffisamment ses bras pour la regarder en face :

– Qu'est-ce qui se passe, il faut tout dire à papa. Je te jure que je vais faire ce qu'il faut pour arranger ça.

Elle renifle tout ce qu'elle peut et vient poser ses mains sur les joues de son père :

– J'ai peur, papa... J'ai... tel... tel... tellement peur de danser et de tout rater. Tout le monde va me voir.

Shane lui caresse l'arrière de la tête et lui essuie une joue avec son pouce.

– Mais... tout le monde a peur ! Danser sur une scène, c'est beaucoup demander pour une grande fille comme toi. Il y a plein de gens, la musique est forte et tu dois te rappeler tous tes pas. Mais, ma petite chérie, tu as répété depuis des semaines et des semaines, n'ai-je pas raison ?

Elle fait oui de la tête et continue à renifler... Shane lui essuie l'autre joue avant d'ajouter :

– Et tu connais chacun de tes pas ?

– Je les connais par cœur, papa.

– Alors, pourquoi essayer de faire le mieux possible ? Personne ne va penser que tu as l'air ridicule, personne ne t'en voudra si tu te trompes un peu. On verra bien que tu fais du mieux que tu peux !

Mon cœur se met fondre en l'entendant parler à sa fille. Les autres enfants sautillent dans tous les sens autour de nous, on entend plus loin la musique du groupe qui est sur scène, mais rien ne le distrait de l'attention qu'il porte à sa petite fille pour la réconforter.

– Je vais essayer de faire le m... mieux que je peux, finit-elle par murmurer.

– En plus, tu ne penses pas que ce serait un peu triste pour les autres danseurs de se passer de leur étoile ? Celle qui danse au milieu d'eux et qui les aide à suivre les pas qu'ils ont à exécuter ?

– C'est vrai, ce ne serait pas gent... gentil, papa, répond-elle alors que son visage se referme en y pensant.

– Ce serait décevant pour tout le monde, mon bébé, ajoute Riot qui continue à lui caresser doucement le dos. Imagine la déception d'Anya si vous ne pouviez pas danser ce que vous avez répété ensemble ? Tu sais, je vous ai déjà vues le faire, vous êtes incroyable toutes les deux. En plus, mamie et les frères sont très impatients de te voir !

– Tu crois ? demande-t-elle en faisant une petite moue. Je ne veux pas qu'ils soient tristes, papa.

Shane la serre contre lui.

– Mon cœur, je crois en toi. Ton papa te fait confiance. Ta mamie, tata Shay, oncle Rex, Champ, Tank, Whisper et les autres frères du club, ils croient tous en toi.

– Moi aussi, je me permets d'ajouter.

Shayna me jette un petit regard.

– Tu vois, on est tous impatients de te voir briller ce soir, ma petite chérie. Tu penses que tu peux nous montrer ce que tu sais faire ? dit encore son père.

Je sens qu'elle essaie de ravaler sa salive avant de regarder son père, puis son grand-père et, enfin, de poser les yeux sur moi :

– Je veux danser avec toi et être jolie. Tu penses vraiment que je peux ?

Ses mots arrivent pêle-mêle dans sa bouche, prouvant combien l'émotion l'a gagnée à force d'attendre le tour de son groupe. Pour la calmer, je caresse la soie de ses joues toutes douces en lui disant :

– Je sais que tu peux tout faire, ma chérie.

– Que dirais-tu de ça, ajoute son père en la bousculant gentiment : si tu me promets de monter sur scène et de faire de ton mieux, on va demander à la jolie M'zelle M de venir après partager une pizza avec nous et tout le club. Qu'est-ce que tu en dis ?

Elle ouvre si grand les yeux que j'ai l'impression que je vais pouvoir nager dans le bleu brillant de ses orbites. Soudain, elle lève les bras et se met à crier « whou hou ! », exactement comme l'avait fait sa tante l'autre jour, un peu éméchée au bar. J'ai l'impression que les membres de cette famille sont très proches les uns des autres.

Shane fait une petite grimace et me lance un clin d'œil. Riot, lui, hausse les épaules et gratte sa barbe poivre et sel en bataille.

– Vous viendrez avec nous, M'zelle M ? S'il vous plaît ! S'il vous plaît ! S'il vous plaît !

Elle me fait un tel numéro de charme qu'il m'est impossible de refuser.

– Oui, je vais venir, je réponds, un peu coincée. J'aimerais bien, hum… partager ce moment avec ta famille.

– Whou hou ! se met-elle encore à crier en levant les bras avant de gigoter des jambes. Pose-moi par terre, papa, il faut que je répète avec Logan.

Je lui fais un signe de tête et lui décoche un grand sourire.

Shane laisse partir sa fille en lui donnant une petite tape sur les fesses ; elle bondit vers ses camarades qui s'embrassent et applaudissent en voyant son désir de recommencer à répéter leur numéro.

Riot qui a l'air tout content pose une main sur mon épaule en disant :

– Il me tarde de faire plus ample connaissance avec vous pendant le dîner, jolie Madame. Ne bougez pas, je vais retrouver ma place sans problème.

Je regarde Riot s'éloigner et, avant de pouvoir dire deux mots à Shane sur la façon dont il s'est pris pour formuler son invitation, je sens une main qui m'attrape et m'entraîne vers le coin sombre où le surplus du rideau de scène vient cogner contre le mur.

Shane plaque mon dos contre les briques en me poussant avec son corps massif, sa poitrine collée à la mienne.

– Qu'est-ce que vous… laissez-moi partir, grosse brute !

J'ai beau le frapper sur les côtes, il ne veut pas me lâcher.

Il laisse échapper un petit rire à peine perceptible, mais si grave que je sens la vibration qui se propage à travers mon corps en commençant par ma poitrine et qui finit entre mes cuisses.

Par pur instinct, je gémis sous le poids de cette baraque collée contre moi. Il sent le pin d'hiver, le cuir de son gilet et quelque chose d'à la fois plus sombre et plus riche. Une odeur qui fait trembler mes jambes, qui me rend vulnérable, une odeur qui rend ma culotte humide de désirs. Une toute nouvelle sensation ; je n'ai pas expérimenté une telle poussée d'adrénaline depuis que j'ai perdu ma virginité il y a cinq ans de cela.

– Poussez-vous ! je crie en essayant de ravaler l'excès d'émotion qui menace de me submerger.

– Na ! Hé, hé… Maintenant que j'ai réussi à te coincer ici, tu ne m'échapperas pas, me chuchote-il si près de l'oreille que je peux sentir la tiédeur de son haleine sur ma peau.

– S'il vous plaît !… je commence à lui répondre sans trop savoir ce que je vais lui demander.

Il caresse sa joue contre la mienne… je ne peux m'empêcher de fermer les yeux.

– Je vais t'expliquer ce qui va se passer, Bella. Tu vas me laisser goûter un petit bout de toi que je vais garder pendant tout le show, et puis nous irons dîner avec toute ma famille. Après ça, je vais goûter un bien plus gros morceau de toi. Tu vas prendre part à la fête et tu vas adorer ça. Tu m'as compris ?

Même si je préfère ne pas avoir entendu le fait qu'il veuille « me goûter », je me rends compte qu'en fait, c'est ce que je veux. Ce que je veux tellement que j'imagine déjà sa bouche contre la mienne.

– Je n'ai pas bien entendu, Anya, parle plus fort.

– Euh… oui. J'ai compris.

– Tu vas me laisser goûter un petit bout, ma beauté ?

J'acquiesce, c'est tout ce que je peux faire. Le plaisir vient m'envahir le ventre et descend entre mes cuisses, j'ai tellement envie qu'il m'embrasse, qu'il me dévore jusqu'à ce que j'en oublie mon nom. Cela fait bien trop longtemps qu'un moment aussi excitant ne m'est pas arrivé, voilà que… tout bascule.

– Putain… murmure-t-il en faisant descendre ses lèvres contre ma joue.

Il m'attrape par la nuque et me renverse la tête avant de venir poser sa bouche contre la mienne.

Ce n'est pas l'un de ces petits baisers bien tendres. Non, pas avec Shane. Il y va direct, appuie bien fort, faisant glisser sa langue sur la fente de mes lèvres, puis il les écarte pour que je les lui offre. Ce que je fais, sans hésiter. Sa langue plonge alors profondément, il me suce, nos langues s'emmêlent, nos lèvres s'écrasent, nos dents se cognent. Le bruit sauvage du baiser nous entoure, plus rien n'existe. Il ne reste que nous.

Sa bouche sur la mienne.

Sa langue contre la mienne.

Son corps qui recouvre le mien.

Je l'enlace et lève une jambe pour venir me frotter contre sa bosse de façon obscène. Il pose une main sur mes fesses et m'attire encore plus près de lui. Des vagues de chaleur m'envahissent… je gémis dans sa gorge, il grogne autant qu'il peut.

Le baiser prend alors un tour encore plus sauvage. Je ne sais pas comment le dire autrement. Il penche la tête d'un côté ; moi, je la penche de l'autre. On se suce, on se lèche, on se bouffe la bouche jusqu'à ce que je ne sente plus mes jambes !

Il finit tout de même par se relever, et nous pouvons enfin reprendre une bouffée d'oxygène. Avec nos deux corps collés l'un contre l'autre, on est là, haletants, à essayer de retrouver notre souffle sans pouvoir nous quitter des yeux.

– Mon Dieu, Anya ! Tu es tout ce dont je rêvais, et bien plus encore !

En baissant doucement le regard, j'essaie de m'éloigner du désir qui s'est installé en moi ; j'entends la musique plus loin qui s'arrête et le public qui applaudit. Je le pousse de toutes mes forces, il fait un pas en arrière et je peux finalement me détacher de ses bras.

– Le numéro de Shayna est le suivant et je danse avec eux !

Vite, je me passe la main dans les cheveux pour vérifier si je ne vais pas les effrayer. Lui me fait un grand sourire en se léchant les lèvres.

– Je te vois après la représentation, Bella. J'ai déjà hâte.

Il me fait un clin d'œil et disparaît en roulant des mécaniques.

Les petites filles et les quelques garçons concernés par le prochain numéro s'empressent en sautillant autour de moi. Leurs petits corps sont visiblement animés d'une énergie positive. Ils s'exclament tous ensemble dans une belle cacophonie :

– Après, c'est à nous ! C'est notre tour ! On est tellement contents, M'zelle M !

De mon côté, je continue à bien respirer pour retrouver mes repères avant de commencer.

Shayna se détache du groupe, me prend par la main et me demande :

– Ça va, M'zelle M ? Vous avez l'air bizarre.

Je lui tapote la joue avant de lui soulever le menton pour qu'elle me regarde :

– Tout va très bien, et toi, dis-moi un peu ?

– J'ai toujours peur, mais je vais essayer de faire le mieux possible, elle me répond en serrant fort ma main. Après, on ira dîner avec ma famille.

– C'est ça, ma chérie, dîner avec ta famille.

Là, je souffle un bon coup.

– Vous allez beaucoup aimer mon papa, c'est le plus gentil des papas du monde.

Je lui souris en revoyant les images de son père qui me plaque contre le mur, qui m'embrasse goulûment en me caressant les fesses et qui m'a fait tout oublier, l'espace d'un instant.

– Oui, je crois que je vais aimer ton papa.

Elle me gratifie d'un superbe sourire.

Sauf que je ne le mérite pas, ma pauvre, je ne peux m'empêcher de me dire en moi-même.

La musique commence et tous les enfants se dandinent jusqu'à la scène. Je les suis d'un pas de danseuse parfaitement contrôlé, laissant dans les coulisses Shane, nos baisers et le dîner à venir. Nous verrons ça plus tard. Pour le moment, je ne vois que le public devant moi, admiratif et silencieux.

Place au spectacle !

CHAPITRE 4

Whip

– Papa, Papa, Papa ! Tu m'as vue, hein, dis-moi, tu m'as vue ? s'écrie Shayna en courant comme une flèche vers moi.

Je soulève ma fille chérie et la prends contre moi pour lui faire un gros câlin.

– Bien sûr que je t'ai vue, tu étais magnifique, mon petit tournesol, tout simplement incroyable !

Elle m'embrasse fort avant de passer dans les bras de maman, de papa et du reste de notre groupe pour le moins hétéroclite.

Derrière les corps massifs des bikers, j'aperçois un halo de cheveux blonds ; je bouscule les mecs, mon père et mère pour accueillir Anya. Elle porte un pull rose sur son justaucorps noir et un jean que, je suppose, elle a dû enfiler à la va-vite juste après la représentation.

La famille a dû attendre un moment le départ des autres clients et l'arrivée de nos stars. Des parents heureux ont obligé Anya à s'arrêter plusieurs fois dans l'allée centrale du théâtre, mais la famille n'était pas fâchée d'attendre, sachant que quelquefois les bonnes choses se méritent.

Elle est là devant moi, un sourire plein de grâce sur les lèvres, Ses beaux yeux bleus regardent dans toutes les directions, sauf vers moi. Je m'approche d'elle, pose une main derrière son cou et lève son menton avec mon pouce. Je sens qu'elle ravale sa salive avant que son regard vienne enfin croiser le mien.

– Tu sais, toi aussi, tu étais magnifique sur la scène.

Je la rapproche de moi et lui dépose un baiser sur la tempe, prenant le temps de m'enivrer de son parfum et de la légère odeur de menthe que dégage sa peau.

– Te regarder danser, c'est comme regarder un peintre poser des grands coups de pinceau sur sa toile. Chacun de tes mouvements est une couleur encore plus belle que celle d'avant.

– Mer… merci, c'est ma passion, elle murmure.

– J'ai hâte de connaître les autres passions qui t'animent, je murmure en laissant traîner ma bouche sur sa joue. Et puis… il serait peut-être aussi temps que tu me tutoies, tu ne crois pas ?

Elle recule d'un pas et baisse les yeux, l'air gênée :

– Je n'ai aucune autre passion.

– Ah ? Alors, on va bien s'amuser à en trouver de nouvelles ensemble ! je lui dis en caressant son bras avant de croiser nos doigts.

Elle rougit tout de suite et essaie de reprendre sa main, mais je reste ferme et l'attire vers moi.

– Shane…

– Regardez ces deux-là, on dirait qu'ils se tiennent chaud comme deux petits chatons sur une couverture, coupe ma mère.

Elle nous surveillait avec ses yeux d'un bleu glacé, elle n'en a pas manqué une miette !

– Heureuse de te revoir, Pied d'étoiles.

– Hum… je m'appelle Anya.

– Oh, je sais comment tu t'appelles, ma chérie, mais tout le monde dans cette famille reçoit un nom de route, lui dit-elle en s'écartant légèrement avant de désigner les autres. Laisse-moi te présenter.

La main d'Anya devient moite, je la lâche et la prends par les épaules. Il est clair qu'elle est mal à l'aise, mais, sincèrement, je ne vois pas pourquoi. Il est vrai que les frères forment un groupe intimidant, mais je ne laisserai jamais personne lui faire du mal.

– Les mecs, je vous présente Anya, la petite amie de Whip, on va l'appeler Pied d'étoiles, annonce ma mère sur un ton ferme.

Une fois encore, Anya cherche à se libérer, mais pas de danger que je la laisse partir pour la voir se faire chambrer par les frères. Tout homme dans un rayon d'un kilomètre qui voudrait ne serait-ce que s'amuser avec elle, est un homme mort ; je préfère que chacun le sache dès le départ.

– Je ne suis pas, hum… la…

– Je vous présente ma petite amie, je coupe en terminant sa phrase.

Je la tiens encore plus près de moi, plaquée contre mon torse pour bien faire comprendre à chacun que cette femme est maintenant intouchable.

Certains se mettent à siffler et à proférer des insanités comme les vieux obsédés qu'ils sont.

– Tu la demandes, Whip ? dit Tank en se frottant les mains, tout en la jaugeant de la tête aux pieds.

– Ouais, quelque chose te dérange ? je réponds en lui jetant un regard noir, furieux.

Tank ricane d'un air entendu et lève la main en signe de paix.

– Non, rien, vieux. J'essayais juste de voir si…

– Ouais, c'est ça. Eh bien, regarde dans une autre direction, frère, je coupe sèchement sur un ton assez ferme pour que chaque mec me comprenne.

– Allez, Messieurs, ça va. On a compris, s'exclame Riot en couvrant le chahut général. J'ai réservé une salle chez *Pizza & Brews* sur la septième rue. Vous pourrez tous faire connaissance de la copine de Whip là-bas. Ma petite-fille, la vraie star de cette putain de représentation, a besoin de manger ! N'est-ce pas, mon cœur ?

Il frotte sa belle barbe contre la joue de Shayna qui éclate de rire.

– Papy, pas de gros mots ! Tu te rappelles ? C'est pas beau, la maîtresse a dit ! ajoute ma fille en jouant au bébé.

Depuis qu'elle est entrée en maternelle, elle essaie toujours de corriger le langage grossier des mecs. Mon père lui fait un petit sourire et l'embrasse dans le cou jusqu'à ce qu'elle n'en puisse plus.

– Tu as raison, chouchou. Allons à nos motos ! s'exclame-t-il en montrant la porte de sortie du théâtre.

Tout le monde se met en route. Je donne un petit coup de nez sur la tempe d'Anya et lui demande :

– Tu es venue en voiture ?

Elle remue la tête, mais reste silencieuse. C'est comme si elle était devenue muette à cause de nous. Je peux comprendre. Ça fait beaucoup d'un seul coup, mais elle s'habituera avec le temps.

– Quelqu'un est venu avec toi ?

– Non… Euh… je suis venue à pied, je n'ai pas de voiture. Je n'ai pas le permis.

– Pas possible ?

– Je n'en ai jamais eu besoin. Je suis passée directement du lycée à mon école de danse, ensuite j'ai intégré une compagnie et, maintenant, je suis ici.

– Intéressant. J'ai hâte d'en savoir plus sur cette histoire. En attendant, tu vas monter derrière moi, je réponds en l'attirant dehors.

Une fois descendu les marches et traversé le trottoir, nous arrivons sur le parking où sont alignées une vingtaine de motos. Après avoir pris soin de mettre son casque sur la tête de mon bébé, mon père enfourche la sienne, Mags s'assoit derrière et attrape Shayna pour l'installer entre eux deux.

– Fais bien attention à ma petite chérie. Elle est toute ma vie ! je ne peux m'empêcher de lui rappeler.

– Toujours, fils… c'est marqué « Attention fragile ! » là-dessus, répond mon père en tapotant sur les petites mains qui s'accrochent à sa ceinture.

Shayna ferme les yeux quand son papy fait vrombir le moteur ; ma mère enlace à la fois ma fille et mon père.

– Elle est bien calée, on se retrouve là-bas !

Un dernier clin d'œil et les voilà partis.

– Mon Dieu ! Tu les laisses prendre ta fille sur leur moto ? s'exclame Anya. Arrête-les !

Elle se dirige ensuite lentement vers les autres motos, mais je la rattrape, la prends dans mes bras et la serre contre moi en posant une main sur sa petite taille.

– Chut, Bella… relax. Elle monte sur des motos depuis qu'elle a un an… peut-être même avant. C'est sa vie. C'est une fille de biker, ne l'oublie pas. C'est elle le plus jeune membre de la famille de notre club. Rien ne va lui arriver…

Je lui montre les mecs qui sont tous en train de partir, à peine sortis d'un récital de danse d'enfants dont les plus jeunes avaient à peine quatre ans – car, après tout, c'est bien ce qu'on vient de faire en famille –, avant de continuer :

– … Mon père, ma mère et tous mes frères préféreraient se couper un bras plutôt qu'il arrive la moindre chose à ma fille. Elle est plus en sécurité avec eux sur cette moto qu'elle le serait dans un car scolaire bourré d'enfants. Crois-moi !

– Mais… mais, c'est tellement dangereux, répond-elle en s'étranglant presque.

Je me contente de sourire pendant qu'elle traîne des pieds jusqu'à la dernière moto qui reste sur le parking.

– Possible, si c'est la mauvaise personne qui la conduit, surtout si elle n'est pas dans son état normal. Nous restons vigilants. Mon père n'avalera même pas une gorgée de bière s'il sait qu'il va avoir Shayna derrière lui. Il a toute ma confiance. Je lui confierais ma vie et je lui confie celle de ma fille, sans problème. Tu verras…

Soudain, il lui vient à l'esprit que c'est maintenant à son tour de monter sur une moto. Je sens son corps se raidir, elle agite la tête dans tous les sens et se libère de mes bras d'un seul coup en ajoutant :

– Je ne vais pas rouler derrière ce… cette… elle bredouille en désignant ma Harley.

Je fais un pas vers mon engin, je l'enfourche et m'installe sur la selle de cuir :

– Bien sûr que si, bébé ! j'affirme en la regardant… et je donne une bonne claque sur la place qui est derrière moi.

– Hum… je suis sûre que non, elle me répond sur un ton qui n'admet pas la discussion.

– Tu as peur ?

Une petite fierté traverse l'expression de son visage :

– Non. Je pense simplement que c'est dangereux.

– Je te promets, c'est sans danger. Je fais de la moto depuis que j'ai seize ans, dès que j'ai pu avoir mon permis… ça fait déjà dix ans, Bella.

En lui montrant le siège du menton, j'ajoute :

– Allez ! Je te mets au défi, c'est ton jour de chance.

– Tu me mets au défi ? répond-elle, l'air moqueur. Tu penses que je ne suis pas capable, c'est ça ?

Sa voix augmente à mesure qu'elle ressent le besoin de prouver qu'elle n'est pas effrayée.

– À moins que tu aies peur.

– Pfff… fait-elle en s'approchant.

Je lui tends le deuxième casque que je n'ai pas oublié de mettre dans ma sacoche :

– Mets ça d'abord.

Elle essaie de l'enfiler, mais son chignon la gêne. Je l'observe, plein d'émotion, défaire ses boucles d'or qui tombent en vagues sur ses épaules de chaque côté de son visage.

– Comme tu es belle !

J'aime constater qu'elle ne peut retenir le petit sourire qui vient adoucir ses lèvres avant de reprendre sa fausse mine de femme en colère. Elle met enfin le casque, elle me regarde, puis regarde la Harley :

– Comment suis-je supposée monter là-dessus ?

Je ricane avec malice :

– Tu te rappelles le truc que tu as fait pendant la représentation quand tu levais la jambe en faisant un grand cercle ?

Elle acquiesce, pas très contente.

– Tu fais la même chose et tout ira bien.

Elle fait comme je lui dis. Son petit corps souple glisse sur le cuir et vient se coller contre moi.

Ouh là là, c'est divin !

Anya se détache ensuite et se recule en arrière le plus possible. Ça, c'est non.

– Bébé, tu te rapproches et tu m'enlaces.

– Mais…

– Il n'y a pas de mais qui tienne, Bella. Si tu veux être en sécurité, il n'y a pas d'autre moyen. Tu te penches quand je me penche. Imagine juste que je suis ton gros ours en peluche.

– Ours en peluche ? grogne-t-elle. Ça m'étonnerait.

J'attrape ses mains et les pose autour de mon ventre. Son corps maintenant est collé contre le mien depuis ses seins jusqu'à son entrejambe.

C'est chaud, c'est confortable. Le puzzle est enfin en place. Je ferme les yeux et peux prendre une grande bouffée d'air en attrapant un petit effluve de son odeur de menthe. Cette fois, j'y suis : j'ai quitté l'armée, j'ai ma femme assise derrière moi, son parfum me caresse le nez, et le vent mon visage, la route m'appartient et nous allons retrouver ma fille chérie…

Putain de perfection !

***

Quand nous arrivons enfin à la pizzeria, Anya saute de la moto et enlève son casque. Sans attendre, elle me prend le menton et m'embrasse goulûment. Je l'attrape par la taille et profite du moment pour lécher ses lèvres et l'embrasser plus profondément.

Elle gémit sous ce baiser sauvage, penchant la tête en recherchant la chaleur de mes lèvres qu'elle écrase tant qu'elle peut. Elle suce ma langue pendant que je caresse son petit cul en serrant son corps toujours plus près de moi.

Embrasser ma femme en étant encore assis sur ma moto, elle, debout, collée contre moi : une sensation unique que, jamais de ma vie, je n'aurais cru pouvoir vivre.

Elle finit tout de même de m'embrasser. Elle passe alors sa main dans ses beaux cheveux blonds et m'annonce, tout émoustillée.

– Super ! Génial ! Je n'avais aucune idée de ça ! Le vent qui vient caresser ta peau, le vrombissement du moteur, la route qui défile… C'est… c'est tout simplement fabuleux ! me dit-elle dans un grand éclat de rire.

Tout content, je lui passe une main dans le dos avant de descendre de ma Harley. Je la prends ensuite dans mes bras et lui dépose un baiser sur la tempe en n'oubliant pas de faire glisser mon nez sur sa joue, sur cette si douce peau de velours.

– Bella, embrasse-moi comme ça chaque fois que nous faisons de la route, et nous ne prendrons jamais mon camion !

Elle rougit tout en baissant les yeux. J'arrête de l'embrasser et pose mes mains sur ses deux hanches : elle fronce le nez et relève son beau visage. J'en profite pour passer mes mains sur ses tempes avant de lui prendre la nuque pour qu'elle reste tranquille.

Je m'approche alors lentement de son visage ; une sorte de panique la saisit, mais je la rassure :

– Ne baisse pas les yeux, ne regarde pas ailleurs quand tu es avec moi et surtout n'aie pas peur. Jamais je ne te ferai de mal. Avec moi, sois toi-même en toutes circonstances. Tu n'as rien à cacher. Tu n'as rien à craindre. Sois libre. Prends la vie comme elle vient. Profite de chaque instant que tu vis avec moi.

– Shane, il y a beaucoup de choses en toi qui me font peur, répond-elle en se mordant les lèvres. Tu es quelqu'un de très agressif.

– Seulement quand il s'agit de quelque chose que je veux absolument. Ce qui est le cas pour toi. Ouais, je vais bien le faire savoir partout que je suis à fond. Putain de bordel, ouais, à fond !

Je sens dans mon dos ses doigts qui s'enfoncent dans mon gilet :

– Et si tu te rends compte que je ne suis pas celle que tu pensais ?

– Tu veux dire que tu n'es pas la superbe femme qui s'occupe de ma fille comme d'une reine ? La femme qui enseigne à tout plein de gamins l'art de la danse et qui les fait ressembler à de véritables pros sur scène ? Sur cette scène que tu as trouvée toi-même, pour montrer à leurs parents ce qu'ils savent faire ?

– Ok, c'est vrai, j'ai fait ça.

– Tu n'es pas cette femme qui va dans un bar à bikers parce qu'une de ses amies a décidé de se marrer un bon coup ? Cette femme qui la regarde descendre verre sur verre alors qu'elle passe toute la soirée à siroter la même bière tiédasse ? Tu n'es pas cette femme qui finit par lui chiper ses clés et commander un Uber pour rentrer toutes les deux à la maison en toute sécurité ?

– Comment sais-tu ça ?

– J'ai mes sources, je réponds en ricanant. Je sais, on se connaît depuis peu, mais tu ne peux pas nier que, depuis le moment où nos regards se sont croisés, il est clair que nous sommes faits l'un pour l'autre.

Elle laisse échapper un grand soupir.

– Shane, je ne suis pas... commence-t-elle en penchant la tête alors que ma main devient moins ferme sur sa nuque, je ne suis pas sûre d'être celle dont tu as besoin.

– Mais voyons, tu es – déjà – celle dont j'ai besoin, je réponds en posant doucement mon front sur le sien. Le fait que je sois un père célibataire te pose un problème ?

– Mon Dieu, sûrement pas ! Shayna est un rêve.

– Alors, que dirais-tu si nous y allions pas à pas, sans se bousculer, je lui demande en lui frottant le nez, tu es d'accord ?

– Pas à pas ?

Dans le ton de sa réponse, j'entends un peu d'espoir qui vient se mêler à la crainte de tout à l'heure.

– Ouais… doucement… tu peux faire ça pour moi, Bella ?

– Pourquoi m'appelles-tu Bella ?

– Parce que tu es la plus belle chose que j'ai rencontrée dans ma vie depuis le jour où j'ai vu ma fille.

Elle ferme les yeux et m'enlace en venant coller son corps contre le mien.

– Je vais faire comme ça. Pas à pas.

– Je ne te demande rien de plus, je réponds en l'embrassant gentiment pour sceller notre deal.

– Ok, Shane.

– Tu sais, tu peux m'appeler Whip !

– J'aime bien ton nom, ajoute-t-elle, tout sourires, avec un petit haussement d'épaules. Et puis… tous les autres t'appellent Whip. Moi aussi, tout le monde m'appelle Anya. Pas toi. C'est notre petit truc spécial à nous.

Je la saisis par la taille et l'entraîne vers la porte de la pizzeria.

– Tout en toi est « spécial », Bella, et je suis le genre d'homme qui va tout faire pour que tu t'en rendes compte.

– Eh bien… bonne chance, Shane !

– Arrête, bébé, je connais déjà plein de choses qui jouent en ta faveur.

Je prends sa main et, lui montrant un doigt, je commence :

– La beauté.

Je lui en montre un deuxième :

– Le talent.

Puis un troisième :

– S'occupe magnifiquement des enfants.

Son visage s'illumine. Je lui montre un quatrième doigt :

– Une fille qui embrasse… putain, comme personne !

Ses joues deviennent si roses que j'ai envie d'y poser ma bouche pour savoir si elles sont vraiment chaudes. Elle se mordille les lèvres… elle se prend au jeu :

– Et le dernier ?

Je la plaque contre le mur en mettant mes bras de chaque côté pour la retenir prisonnière, comme je l'ai fait dans les coulisses du théâtre. Je pose ensuite une main sur ses fesses en appuyant ma queue qui gonfle contre elle. Elle se met à gémir et m'enlace.

– Le dernier ? Je suis bien certain que ma femme va être magnifique au lit ! je lui réponds en me frottant. J'ai bien l'impression qu'il va me falloir trouver une baby-sitter pour que je puisse sortir ma femme comme il se doit. Et puis la ramener à la maison pour lui montrer comment nous pouvons être « spéciaux » ensemble.

– Shane… elle murmure d'une voix étranglée.

Je l'embrasse dans le cou, sur les lèvres et sur le bout de son nez.

– Papa ! Qu'est-ce que tu fais ? Tu embrasses M'zelle M. ? C'est elle, ta chérie, maintenant ?

Je ne peux m'empêcher de ricaner, même si Anya devient blanche comme un linge.

– Ouais, mon bébé, M'zelle M. est désormais la chérie de papa !

– C'est quoi une « chérie », demande Anya en fronçant les sourcils. J'aimerais bien qu'on m'explique, j'ai mon mot à dire, tout de même.

En guise de réponse, je me contente de hausser les épaules. Je l'attire vers moi et nous rejoignons Shayna.

Son petit visage respire la joie.

– C'est super ! On va pouvoir faire des goûters toutes les deux et s'habiller ensemble ! s'écrie-t-elle en sautillant partout. Oh… et puis peut-être que tu peux être ma maman !

Anya se frappe la poitrine et se laisse tomber contre moi de tout son poids :

– Mon Dieu !…

– C'est possible, mon petit tournesol, mais ne commence pas déjà à effrayer la chérie de papa.

– Ok, mais je peux quand même avoir une glace, dis, papa ?

– Bien sûr, mon bébé, mais il faut d'abord manger ta pizza.

– Whou hou ! lance-t-elle en levant ses bras en l'air avant de disparaître.

– Ça va aller, je demande à Anya en pouffant de rire.

– C'est un peu beaucoup pour moi.

Je la serre une nouvelle fois tout contre moi pour la réconforter en ajoutant :

– Tu vas t'y habituer.

Elle a besoin de reprendre son souffle avant de rejoindre la salle qui nous est réservée. En arrivant sur le pas de la porte, elle lève la tête et me demande :

– Tu ne m'as pas encore dit quel était le sens exact de l'expression « devenir ta chérie ».

Soudain, le silence se fait dans la pièce remplie de frères.

CHAPITRE 5

Anya

– Merde alors ! Le biker et la danseuse ! Petit frère, là, tu y vas fort ! Viens par ici, frérot !

La magnifique brune que j'ai rencontrée au bar l'autre soir a bien failli tomber dans les bras de Shane. Il retire la main qu'il avait posée sur mon épaule, la rattrape et l'embrasse chaleureusement en la soulevant. Il la garde en l'air pendant un instant avant de la déposer par terre. Je me recule et regarde la jolie scène en me croisant les bras.

– Je le savais… dès que je t'ai vue l'autre soir, j'ai tout de suite su qu'il y avait un truc particulier entre vous deux.

Tout sourires et resplendissante, elle prend le visage de son frère entre ses mains et l'embrasse partout :

– Et allons-y ! J'adore !

– Tu te souviens de Shay, ma sœur qui va toujours à cent à l'heure ? demande Shane.

Un bref instant, je me demande ce que peut être la vie d'une vraie bombe, la vie d'une femme qui représente le fantasme absolu de tous les hommes

– Oui, très bien. Heureuse de te revoir.

– Moi aussi, je suis « très » (elle insiste sur le « très ») contente de te revoir. Maintenant, j'ai comme l'impression qu'on va beaucoup se voir, dit-elle en quittant les bras de son frère.

Elle m'attrape par le bras et m'entraîne vers une table sur le côté de la grande pièce qui nous est réservée. Son géant de mari, Rex, est déjà installé et me fait un petit signe de tête quand je m'assieds à côté d'elle. Il tient dans ses bras une adorable petite fille aux cheveux noirs qui suce les plaques d'identité qui lui pendent autour du cou.

– Ses dents poussent, elle a mal, me dit-il en caressant sa tête.

En face d'eux est assis un solide petit garçon qui s'essaie à la batterie sur la table en se servant de gressins en guise de baguettes.

– Voici mes jumeaux, m'annonce Shay. Swayze qui ne quitte pas son père… je te souhaite bonne chance si tu arrives à l'intéresser. La seule femme qui arrive à capter son attention, c'est ma mère. Mais tu sais, Mags arriverait à se faire remarquer par le pape, même à Noël pendant la messe de minuit sur la place Saint-Pierre.

J'éclate de rire et caresse le bras du petit garçon qui s'arrête de taper sur la table et me regarde avec deux billes d'un bleu clair comme la glace. Contre toute attente, il me tend les bras.

– Je peux ?

– Bien sûr, me répond Shay. Lui, c'est Trace, mais nous l'appelons Hustler[2].

Je prends le petit garçon contre moi ; il n'a pas l'air d'avoir beaucoup plus d'un an.

– Pourquoi Hustler ?

– Parce que c'est un petit malin, il arrive toujours à ses fins, me dit-elle avec un grand sourire, c'est son super-pouvoir à lui.

Pendant que sa mère me parle, il pose effrontément sa petite main sur mon visage, me regarde droit dans les yeux et me gratifie d'un baiser tout baveux.

La salle entière éclate de rire. Tout à coup, je me sens mal à l'aise, debout devant tout le monde, ne sachant plus quoi faire avec cet enfant dans les bras qui essaie de me manger la joue.

– Ça suffit Hustler, c'est « ma » femme !

Shane me prend le bébé des bras en ricanant gentiment et le cale bien sur sa hanche comme quelqu'un qui a l'habitude de faire ce geste. Il passe sa main dans les cheveux du petit garçon et l'embrasse sur le front :

---

2 *Hustler* : « arnaqueur », « petit filou ».

– Un jour mon pote, tu auras une femme à toi. En attendant, pas touche à ma chérie, il lui dit en faisant semblant de le gronder.

Rex lui répond d'une grosse voix qui ferait presque vibrer la salle :

– Il n'y peut rien, c'est un Crawford. Dès qu'il voit une jolie femme, il perd la tête.

Il éclate de rire pendant que Swayze, totalement absente du petit jeu qui se trame, se blottit contre la poitrine de son père en laissant tomber sa tête dans le creux de son cou avant de fermer ses yeux.

– Chéri, la petite est fatiguée. On pourrait peut-être y aller, propose Shay.

– Pourquoi ? Elle est bien là, à dormir contre son papa.

– Tu parles… répond-elle en levant les yeux au ciel. Normalement, c'est lui qui tient à ce que les bébés fassent leur nuit dans leur chambre, sinon je ne fais plus rien avec Rex… mais Swayze a le don de monopoliser son papa.

Le grand costaud caresse le dos de sa fille ; elle ouvre sa petite bouche et laisse tomber les plaques sur la poitrine de son père.

– Je n'ai pas de problème avec ça. Je m'occupe de ma petite fille et de mon garçon pendant la journée et de ma femme la nuit. C'est ce que j'appelle une putain de vie bien remplie. Un homme ne peut rien espérer de mieux.

Rex adresse un sourire entendu à sa femme et je sens que je rougis en les voyant étaler sans pudeur leur désir sexuel aux yeux de tous.

Alors que Shay se penche à travers la table pour aller poser un baiser sur les lèvres de son mari, son frère m'enlace par-derrière et me dit :

– Ce type sait de quoi il parle. Toi, moi, ma fille, je n'ai besoin de rien d'autre dans la vie.

Je ne peux m'empêcher de ravaler ma salive et je sens mon corps qui se crispe. Shane s'approche de mon oreille.

– Ne t'inquiète pas, on va y arriver, Bella. Pas à pas, il chuchote avant de m'embrasser dans le cou… ce qui a pour effet immédiat de m'envoyer des frissons partout.

– Allons te nourrir un peu.

– Où est Shayna, je demande, n'ayant pas vu la petite fille depuis que nous sommes arrivés.

– Quand le club est là, elle m'oublie, répond-il. Elle fait son show devant les frères, mais autrement, elle reste avec son papa.

Shane me montre un jeu de Pac-Man de l'autre côté de la pièce où j'aperçois Riot devant l'écran avec la petite sur les genoux. Elle porte toujours son tutu rose, mais elle a l'air parfaitement dans son élément, assise sur le jean de l'homme qui porte son gros gilet de cuir noir.

– C'est étonnant, toute cette famille qui t'entoure, lui dis-je en regardant autour de moi, ébahie. Ils ont tous l'air de bien s'entendre et d'apprécier le bon temps qu'ils passent ensemble.

– Tu as raison. Tu verras qu'ils vont aussi devenir ta famille dans peu de temps, me promet-il.

– Hum…, je lâche, d'un air évasif.

Shane me prend par la main et m'accompagne vers la table où fume une grande pizza, moitié fromage, moitié pepperoni. Nous nous asseyons côte à côte et Shayne dépose deux assiettes devant nous :

– Tu aimes la pizza ?

Je me mords les lèvres et hausse les épaules. Il me pousse du coude avant d'ajouter :

– Que me vaut ce petit rictus ?

– En fait, je n'en sais rien ; je n'en ai jamais mangé.

– Quoi ?

Il reste planté là, totalement estomaqué, sa tranche de pizza toute chaude à la main.

– Je te répète, je n'en sais rien, je n'ai jamais essayé.

– Pas possible. Je t'ai bien entendue, mais je ne peux pas le croire.

– Et pourtant si !

– Comment c'est possible un truc pareil, ajoute-t-il en mettant une tranche au fromage sur mon assiette. Tous les Américains, de la Californie à New York, ont mangé de la pizza !

– La réponse est sans doute dans ta question. J'ai été élevée en Alaska et mes deux parents sont russes.

– D'accord, mais comment peux-tu, à l'âge que tu as, n'avoir jamais mangé de pizza ? Mais… c'est un crime contre l'humanité !

Sa réflexion me fait rire. Il nous verse aussi un grand verre de bière en prenant le pichet posé à côté de la pizza.

– Tu sais, je fais de la danse depuis toujours, il y a beaucoup d'aliments qui sont déconseillés aux danseurs. La pizza en fait partie. Pour s'assurer que je mangeais sainement, ma mère avait même l'habitude de me préparer mon déjeuner quand j'allais à l'école. Ensuite, quand j'ai rejoint l'American Ballet Theatre, ils fournissaient nos repas, établis selon une liste de produits conseillés pour garder un juste poids, une silhouette impeccable, etc.

– C'est dingue !

Sur ce, il enfourne une énorme bouchée qui fait à peu près la moitié de la tranche.

– C'est le prix à payer. Si tu veux vivre ton rêve, il faut savoir faire des sacrifices. La nourriture grasse, les trucs bourrés de sucre n'ont jamais fait partie de mon régime alimentaire. Par exemple, je n'ai jamais mangé de *cupcake* non plus.

Ses yeux, ronds comme des billes, s'élargissent presque autant que le diamètre de la pizza qui est devant nous. Soudain, il laisse tomber sa tranche sur l'assiette en carton, l'air dégoûté :

– Putain, c'est fou ! Quand je pense qu'on bouffe cette merde !

– Tu es trop mignon, je lui réponds en me levant.

Je laisse sans regret sur la table la pizza qui était devant moi.

– Où vas-tu ? me demande-t-il en me retenant par la main.

– Regarder le menu et voir si je ne peux pas trouver soit une salade, soit un plat végétarien ou vegan.

Il me fait une tête de dégoût désespéré :

– Putain, arrête ! s'exclame-t-il en tirant sur mon bras pour me forcer à m'asseoir. Bébé, essaie cette putain de pizza et si vraiment tu n'aimes pas ça, on trouvera quelque chose d'autre. Une salade ou un truc, comment tu dis ? Vegan ? finit-il par marmonner dans sa barbe sur un ton plus que sceptique.

Je fixe la pizza, toujours sur mon assiette… Au bout d'un moment, je commence à trembler. Je me redresse sur mon siège et saisis la tranche gluante dans l'espoir de me donner du courage pour en mordre un morceau. Rien de bien compliqué, mais j'ai l'impression de faire un truc hors-la-loi, un truc auquel je n'ai jamais failli depuis plus de vingt ans.

Je me penche, renifle le morceau… je dois avouer que ça sent bon, mais je sais aussi que beaucoup de choses qui sont mauvaises pour ma ligne sentent très bon et sont même délicieuses ! Si jamais je mange cette pizza, il va me falloir trouver un moyen d'éliminer les calories superflues.

Shane murmure, alors que je repose la pizza sur mon assiette :

– À quoi tu penses, là tout de suite ?

Après m'être essuyé les doigts avec une serviette en papier, je pose d'abord les mains sur mes genoux, puis j'éprouve le besoin de me réconforter en enroulant mes bras autour de moi.

– Combien de calories crois-tu qu'il y a dans cette tranche ? Comment vais-je pouvoir m'en débarrasser ? Comment vais-je me débarrasser des cinq cents grammes ou peut-être même du kilo que je vais prendre à cause de l'excès de sel qui, en plus, aura un effet indésirable en ajoutant une horrible rétention d'eau dans mon système lymphatique ? Sans compter que – là je cherche ma respiration –, je vais me haïr quand je vais monter sur la balance demain matin, comme je le fais tous les jours !

– Bordel de merde ! se met-il à jurer en se retournant sur le banc pour me faire face. Si tu ne veux pas manger cette tranche de pizza, tu ne la manges pas et on n'en parle plus ! Putain, bébé, je n'aime pas du tout ce que tu es en train de m'expliquer. C'est peut-être vrai, mais quel merdier ! Tu devrais manger ce qui est bon, même si c'est bourré de gras, juste parce que tu aimes ça. Tu sais quoi ? On a qu'une vie !

– Ça ne marche pas comme ça pour les danseuses étoiles.

– Qu'est-ce qui t'est arrivé ?

– Que veux-tu dire ?

– Pourquoi tu n'es plus avec la compagnie dont tu parles ?

– Je me suis blessée.

Ma phrase s'en tient au fait, mais c'est la seule réponse que je peux donner sans m'écrouler en sanglots.

– Plein d'athlètes se blessent et se remettent en piste sans problème. Pourquoi pas toi ?

Je regarde ses mains qu'il a posées sur mes cuisses :

– Ma blessure était grave, au point qu'il est maintenant dangereux pour moi de danser régulièrement de façon professionnelle.

Mon corps ne suit plus. Ce serait trop risqué et pour moi, et pour la compagnie qui pourrait m'employer.

– C'est pour cette raison que tu as ouvert ton studio de danse ?

– De toute façon, c'est ce que j'avais prévu de faire après avoir vécu mon rêve pendant une dizaine d'années.

– En clair, tu as changé tes habitudes et ta façon de vivre. Tu es passée à autre chose, de nouvelles opportunités s'offrent à toi. Tu as des nouveaux trucs à essayer, me dit-il tout sourires, en pointant son menton vers la tranche de pizza toujours intacte. Des nouveaux trucs à goûter, une nouvelle vie qui commence.

Et il a raison.

Tout ce qui faisait ma vie d'avant n'a plus cours aujourd'hui. Tout est devenu différent. Par exemple, être assise ici, dans cette pièce remplie de bikers. Une nouvelle expérience pour moi que de voir tout ce monde mangeant, buvant, riant et profitant du bon temps qu'ils passent ensemble. Rien à voir avec cet emploi du temps exigeant et serré qui était le mien auparavant. Je n'ai plus à rentrer à la maison, à peine la journée terminée, pour prendre un bain chaud et soigner mes pieds torturés et mon corps fatigué après les longues journées de cours de danse. Tout ça, pour être prête à recommencer le lendemain.

Tout à coup, je réalise que j'aime ces changements dans ma vie. J'aime voir Shayna dans son petit tutu qui danse, allant d'un biker baraqué à l'autre. Elle leur offre un show privé, une démonstration de pliés et pirouettes jusqu'à ce qu'ils l'applaudissent et n'arrêtent plus de la féliciter.

Oui, j'aime sentir une paire d'yeux couleur noisette qui regardent ma silhouette en pensant que je suis la plus belle femme dans cette pièce. Pas parce que je suis soi-disant la meilleure danseuse ou que je suis celle qui peut rester sur ses pointes le plus longtemps, non, tout simplement, parce que je suis moi et qu'il apprécie ma compagnie.

Je fais donc un effort : j'inhale une bonne bouffée d'air, prends la tranche de pizza, lance un large sourire à Shane et en mords un gros morceau. La sauce coule des deux côtés de ma bouche, il se précipite pour l'essuyer et suce ensuite ostensiblement son pouce.

Waouh ! Sexy !

Ma température monte à mesure que Shane m'envoie des clins d'œil en m'observant engloutir la première bouchée de l'une des nourritures les plus interdites qui figuraient sur la trop longue liste de ma mère.

Je prends mon temps pour la mâcher afin de bien profiter de cette pizza au fromage et de bien intégrer son goût dans ma mémoire. Le fromage salé me paraît délicieux, la sauce acidulée et relevée me comble. La pâte, légèrement molle, me semble juste comme il faut.

– Alors ? demande Shane.

Je me lèche les babines, j'en ai l'eau à la bouche en attendant la deuxième bouchée.

– Incroyable ! J'adore la pizza !

Il a l'air tout heureux, se penche vers moi et m'embrasse fougueusement devant toute l'assemblée. Je n'y prête même pas attention. Il a le goût de la même pizza avec une touche de bière et beaucoup de Shane. Une combinaison parfaite.

Lorsqu'il arrête, les yeux fermés, je ronronne doucement à son oreille un petit :

– J'aime aussi beaucoup les baisers à la pizza.

Il serre mes cuisses avec ses grosses paluches et me répond :

– Reste avec moi, bébé, et je mettrai le monde à tes pieds.

– Oh… Shane, je murmure à peine.

L'émotion me submerge.

Je ne comprends pas très bien ce qui m'arrive parce que, jamais dans ma vie, quelqu'un ne m'a dit une telle chose. Pour mon père, j'étais l'élève parfaite ; pour ma mère, sa dernière chance de faire de son ADN la plus grande danseuse du monde ; pour un chorégraphe, sa muse ; pour un metteur en scène, le moyen d'obtenir un prix.

Je ne sais pas quoi répondre. C'est beaucoup trop. Je veux le prendre tel qu'il est, lui donner tout ce que j'ai, mais je crains la suite.

Et si je lui donnais tout et que je finisse par le perdre ?

Et si je n'étais pas assez pour lui ?

Et si je ne méritais pas ce qu'il a à m'offrir ?

Et si, une fois de plus, je faisais tout foirer ?

Il a dû deviner sur mon visage la noirceur des pensées qui m'animent. Doucement, il me prend la main et m'enlace les doigts avant de me dire :

– Finis ta pizza. J'ai besoin que tu m'en racontes plus sur toi. Et puis, il est temps de ramener ma femme et ma fille à la maison.

***

Un peu plus tard, une fois fin prête, après que j'ai enfilé mon casque et me suis installée sur le siège arrière de sa moto en le serrant fort, Shane me demande :

– Où va-t-on, Bella ?

– À Peach Brook, je lui réponds.

– Sans dec' ?

Il tourne légèrement la tête, juste assez pour que j'aperçoive son beau sourire avant de lui faire un signe de tête et ajouter :

– Eh oui !

En démarrant, il hausse les épaules sans que je sache vraiment pourquoi. Bientôt le moteur vrombit sous mon popotin et je serre les cuisses contre les siennes.

– Putain ! J'adore sentir ma femme collée contre moi à l'arrière de ma bécane. Maintenant au moins, j'ai compris ce que ça veut dire.

– Comment ça ?

– Que tu aimes te plaquer contre moi avec le moteur qui ronronne dans ton corps.

Je sens que ma température monte et je serre encore plus mes cuisses contre les siennes.

– Ouais, ma femme aime ça… Putain ! je suis en train de vivre un rêve dont jamais plus je ne veux sortir. Je viens poser mon menton sur son épaule, il se cale bien contre moi et s'envole dans la nuit. En un temps record, nous arrivons près de mon groupe d'immeubles. Je lui fais signe d'aller à gauche ; ignorant mon signal, il tourne à droite. J'essaie d'attirer son attention, mais il lève un bras pour me dire d'arrêter parce qu'il est impossible de parler à cause du bruit quand on roule. Au hasard, il vient se garer près d'un camion que j'ai déjà vu à la pizzeria ; je crois que c'est celui de Rex. Celui dans lequel il a installé Shayna et les jumeaux après le dîner.

Shane arrête sa bécane et je retire mon casque pour lui signaler :

– Mon cœur, ce n'est pas ici que j'habite.

En descendant de mon siège, je réalise que mes jambes sont toutes tremblantes.

– Pas toi peut-être, mais moi, oui. C'est ma place de parking.

– Comment ça ? je lui demande en fronçant les sourcils.

Il éclate de rire et jette la tête en arrière en dégageant sa longue et belle gorge que j'ai envie de mordre :

– Bébé, j'habite aussi dans ce complexe, tout comme Shay, Rex et les jumeaux !

– Tu plaisantes ? je réponds, estomaquée.

À son tour, il descend de sa moto. Il m'attrape par les hanches, je m'agrippe à son gilet de cuir et il m'embrasse goulûment. Une fois qu'il m'a fait fondre de désir, il frotte légèrement nos joues et vient déposer un petit baiser sur mon oreille avant de chuchoter :

– Tu habites seule ?

Je fais non de la tête alors qu'un frisson me parcourt la nuque. Ma peau bientôt se couvre de chair de poule.

– Non, j'habite avec ma meilleure amie, Holly Hatfield… que ta famille appelle Holly Berry pour des raisons que j'ignore.

Il me prend par les épaules et commence à avancer.

– Tu habites à quel numéro exactement ?

– Au vingt-quatre.

Alors que nous marchons sur une passerelle, il lève son menton vers les appartements et me dit :

– Ma sœur est au quarante-cinq, et moi au quarante-quatre.

– Tu habites juste à côté de chez ta sœur ?

– Ouais, Shay et moi avons du mal à vivre loin l'un de l'autre, répond-il en se grattant la barbe. Quand j'étais dans l'armée, ça a été l'enfer d'être éloigné d'elle. On aime être proches, c'est la raison pour laquelle nous avons gardé ces apparts. On cherche tous les deux une maison, mais nous voulons rester l'un à côté de l'autre ; ou au moins dans la même rue. Rex nous trouve un peu cinglés, mais c'est juste comme ça que nous fonctionnons, Shay et moi. Ce doit être un truc de jumeaux, c'est vrai qu'elle reste ma meilleure amie.

– Tu as servi dans l'armée ?

– Ouais, j'avais même décidé d'y faire carrière, mais j'ai dû rentrer au bout de quatre ans.

– Et pourquoi ?

– Parce qu'une conasse du club avec qui j'avais baisé est tombée enceinte. Elle a laissé le bébé chez mes parents dès sa naissance… elle n'avait même pas encore de nom ! J'ai loupé les deux premiers mois de Shayna avant de pouvoir rentrer à la maison. Heureusement, mes parents, ma sœur et le club ont fait ce qu'il fallait. Ils ont pris soin d'elle jusqu'à mon retour.

Je m'arrête devant la porte de mon immeuble, totalement choquée ; je me retourne, le regarde et lui prends la main :

– Je n'ose même pas imaginer ce que ça a dû être pour toi.

– Sans mentir, c'est vrai, ça n'a pas été une partie de plaisir. Je commençais à peine ma vie d'adulte, j'avais tout juste vingt et un ans et voilà que j'étais déjà papa.

– Qu'est-ce qui lui est arrivé ? Je veux dire… à sa mère. Ce n'est pas que ça me regarde, mais…

Je regarde ailleurs, gênée d'avoir osé poser cette question. Après tout, lui aussi doit être embarrassé pour me répondre sur un sujet si délicat, surtout à propos de quelqu'un qu'il connaît à peine !

Shane glisse sa main dans mes cheveux et m'attrape par la nuque en me disant :

– Bébé, il n'y a rien me concernant que tu n'aies le droit de savoir, sauf peut-être les histoires privées du club. Je serai toujours heureux de répondre à toutes les questions que tu pourras me poser, et j'espère la réciproque venant de ta part.

Ne sachant trop quoi répondre, je me contente d'acquiescer.

– Jess était plutôt jolie, j'ai couché avec elle plusieurs fois. Tu sais, c'était juste une fille de club.

– Je ne suis pas certaine de très bien comprendre ce que cela veut dire « fille de club ».

Shane me presse contre la porte et frotte son nez contre le mien :

– Putain ! Tu es la chose la plus adorable que j'aie rencontrée. Non, bébé, une fille de club, c'est une fille pour faire la fête ! Certaines sont même très fréquentables dans le sens qu'elles ont un boulot, une vie normale, mais elles aiment juste baiser et faire la fête avec des bikers. D'autres espèrent simplement se trouver un frère pour vivre en couple. Tu sais, quand un biker demande une femme comme sa chérie, rien ne peut plus lui arriver, ni à elle ni, par extension, à ceux qu'elle aime. Le club entier l'intègre comme membre de leur famille.

– Et… Jess voulait être ta chérie ?

– Nan… elle aimait juste se faire des bikers et sniffer tout ce qu'elle pouvait se mettre dans le nez. Nous, on n'aime pas beaucoup ça, la drogue. L'herbe et l'alcool, on tolère, en plus, c'est légal en Oregon, mais tout ce qui est illégal, c'est non. Jess, elle, aimait trop faire la fête, boire et baiser. Un soir, j'ai eu la faiblesse de faire ça avec elle, et paf !, elle est tombée enceinte de Shayna.

Je commence à comprendre ce que sont vraiment ces filles de club et comment elles ont pu distraire l'homme à qui je suis en train de m'attacher de plus en plus.

– Est-ce que tu… hum… te fais toujours… hum… des filles de club ?

– Bordel, sûrement pas ! Je ne suis pas un saint et je n'ai jamais prétendu l'être. J'aime bien baiser de temps en temps. Je suis un mec, après tout, j'ai une queue et j'aime bien m'en servir, mais les femmes avec qui j'ai pu faire ça depuis Jess n'ont jamais émis de réclamation d'aucune sorte et ne se sont pas attachées à moi.

– Et moi dans tout ça ?

– Considère-moi comme ton petit animal de compagnie pour aller au lit. Je te suis déjà tout attaché, me répond-il en rigolant.

Puis il m'embrasse fougueusement.

– Et Jess ?

– D'après ce que je sais, elle a arrêté la drogue pendant qu'elle attendait Shayna, mais elle a recommencé tout de suite après. Elle a donc laissé ma fille dans les bras de mes parents le jour de l'an, mon bébé était né la veille de Noël. Pendant ces quelques jours, elle n'a même pas pris la peine de donner un prénom à sa fille. Je ne te dis pas l'histoire que ça a été pour prouver qu'elle était bien de moi ! Comme j'étais en Afghanistan, c'est ma sœur qui s'y est collée. Jess, elle, s'était barrée… *bye, bye* la preuve ! C'est après être rentré que j'ai pu recoller les morceaux de l'histoire.

Émue, j'ai du mal à lui répondre :

– Mais Shayna est ta vie. Tout en toi le dit !

– Ouais, il répond en me caressant la joue. Je dois dire que j'ai un faible pour les belles blondes aux yeux bleus.

Il me fait un grand sourire et m'embrasse avec délicatesse. Je l'enlace et le serre contre moi en donnant plus de force au baiser. Cette fois, il me laisse les rênes. Je glisse alors ma langue le long de ses lèvres, qu'il entrouvre sous ma pression, et je goûte, pleine de désir, la bouche de l'homme dont je suis si vite tombée amoureuse.

Shane pose une main sur mes fesses et sourit pendant que je l'embrasse. Il aime bien ça, poser sa main à cet endroit. Son geste accentue son empressement, mais il ne prend toujours pas les commandes. Pour la première fois, Shane est heureux de me laisser l'embrasser, ce que je fais avec rage et toute l'intensité dont je suis capable.

À chaque coup de langue, je veux lui prouver tout le bonheur qui est le mien d'être là avec lui.

Sur chaque millimètre de ses lèvres, je veux laisser la trace de mon désir indéfectible.

Dans chacun des soupirs que je souffle dans sa bouche, je fais une promesse.

Je suis en train de prendre un engagement.

Moi. Lui. Shayna. Son club. Sa famille. Tout, je veux tout.

Au bout d'un moment, il finit par quitter mes lèvres et vient poser son front contre le mien en me disant :

– Tu sais, bébé, il faut que j'aille chercher la petite. Shay est cool de la garder, mais c'était son premier récital et je veux qu'elle sache combien c'est important pour moi aussi. Je veux lui préparer un petit dej d'enfer demain matin, surtout que demain soir je travaille au bar. Tu ne veux pas venir à la maison et la garder avec moi ?

– Bien sûr que si, je réponds en lui souriant tendrement.

Il se jette sur moi, m'embrasse avec passion ; il me serre contre lui et vient frotter son érection contre mon ventre. Je ne sais pas trop quoi penser de ce qui se passe, vu que ça ne nous est arrivé qu'une seule fois, mais, intérieurement, je me liquéfie en réalisant qu'il me désire autant que je le désire.

– Rentre vite. Ferme à double tour. Prends un Uber demain matin. On rentrera chez moi à moto. On sera vendredi, c'est le jour où Shayna reste dormir chez sa tata Shay et son oncle Rex pour que je puisse travailler. Je ne vais pas la chercher, parce qu'il est souvent près de deux heures du mat' quand je rentre. Ce qui veut dire que je t'aurai dans mon lit et que nous serons seuls.

Abasourdie, j'ouvre grand les yeux ; soudain, j'ai les mains moites.

– Je vois que tu as l'air stressée, me dit-il avec un grand sourire. Pas d'inquiétude, Bella… Il ne me faudra qu'un seul baiser pour te détendre. Je te le jure.

Chapitre 6

Whip

Dès qu'Anya entre dans le bar, quelque chose change dans l'atmosphère. Je me sens nerveux de la savoir si proche. Je ne peux pas retenir un petit sourire tout en servant le couple qui est devant moi. Je lève les yeux en direction de la porte et… bingo ! elle est là.

Une vision toute en blanc.

C'est comme si c'était le jour de mon putain de mariage, c'est pas possible ! De l'autre côté de la pièce, je la vois avancer dans une simple robe blanche en dentelle sans manches, qui lui descend jusqu'aux genoux. Elle porte aussi sur les épaules un châle qu'elle retient avec ses bras. Je regarde avec attention sa fine silhouette, son cou qui rejoint d'une seule ligne sa petite poitrine. J'aime le fait que ma femme, même la peau recouverte, reste la plus sexy que j'aie jamais vue. Ses cheveux sont relevés dans un chignon légèrement en bataille avec de gracieuses mèches bouclées qui lui encadrent le visage. Elle porte une paire de sandales à semelles compensées d'un rose pâle qui me rappelle ses chaussons de danse.

Un sexe perché sur des talons.

Totalement sous le charme, je lui adresse un grand sourire en l'observant se diriger vers moi. Tenant son petit sac contre elle, le buste bien droit, les épaules en arrière, elle marche d'un pas décidé.

Les poings serrés, le cœur battant à cent à l'heure, je n'ai qu'une idée, mettre mes mains partout sur ce petit corps tout doux. Comme un papillon d'un blanc immaculé qui volette dans l'herbe, elle se fraye un passage dans la foule avec une grâce infinie.

– Bella… je murmure alors qu'elle pose son sac sur le bar en me regardant, toute souriante.

– Hello, mon cœur ! répond-elle.

Sans détour, sa voix sensuelle et timide se dirige droit sur ma queue et j'ai tout de suite l'impression que mon jean est devenu trop petit pour moi.

Mon cœur ?

C'est elle le cœur que je désire plus que tout.

Sans réfléchir, je saute sur la caisse qui se trouve à côté de mes pieds derrière le bar et me penche au-dessus de la grande planche en bois. J'attrape délicatement son visage en approchant ma bouche de la sienne.

Elle me donne un petit baiser furtif, comme si elle était gênée de montrer son affection devant tout le monde, mais je n'en ai rien à foutre. On est ici sur mon territoire qui bientôt va devenir le sien et je veux que tous les connards autour de nous sachent que cette élégante et superbe créature est à moi et rien qu'à moi.

De mon côté, je lui lèche les lèvres en appréciant le léger gémissement dont elle me gratifie avant de reculer.

– Tu es magnifique, on dirait mon ange gardien.

Elle rougit légèrement en guise de réponse.

– Que veux-tu boire ?

– Une suggestion ? Tu sais, je bois rarement.

– Encore une des restrictions de ta liste ? je dis en éclatant de rire.

– Exactement ! elle répond en plongeant son regard bleu ciel dans le mien.

Sa tête dans la main, elle se penche sur le bar.

– Cette fameuse liste dont tu parles, je lui demande en attrapant une bouteille de prosecco (comme ma femme ressemble à une princesse de conte de fées, je choisis la boisson qui, j'imagine, lui convient le mieux), tu m'as bien dit que c'est ta mère qui te l'avait établie ?

Je la vois qui fronce les sourcils alors que je pose une flûte devant elle.

– Oui, en partie. Mais, tu sais, il y a des trucs qui tombent sous le sens. C'est bien connu, la plupart des athlètes doivent faire attention à ce qu'ils avalent.

Au ton de sa voix, je la sens sur la défensive.

– Tu as raison. Je connais un mec à la salle de sport de Champ qui ne mange que du poulet cuit à l'eau, du poisson, des légumes, des œufs et des protéines en poudre. Rien d'autre. C'est un genre de gourou du fitness. Un mec sympa, mais en dehors de la salle de gym, nous ne fréquentons pas les mêmes cercles. Essaie ça, j'ajoute en poussant la flûte plus près d'elle.

Elle me fait un sourire qui, je le jure, illumine toute la pièce. Je l'observe attentivement alors qu'elle s'interroge en prenant la première gorgée du vin pétillant.

– J'aime bien, s'exclame-t-elle en claquant ses lèvres en signe d'appréciation. C'est piquant et fruité en même temps.

– Oui, c'est du prosecco. Quelque chose entre le vin doux et le champagne.

Je me régale de voir ses lèvres déguster sa deuxième gorgée. Mon Dieu, comme j'aimerais bien voir ces lèvres se poser sur certaines parties de mon corps qui les réclament ardemment ! En serrant les dents, je me retiens de l'entraîner derrière le bar où j'aimerais tellement la baiser contre le mur de la réserve. Reprenant ma respiration, je me dis que nous avons bien le temps pour ce genre de folie et je me console en pensant que ce qui va se passer ce soir sera encore bien mieux.

Pendant qu'elle sirote son verre, je m'occupe des autres clients installés plus loin. Quand la serveuse me communique les commandes qu'elle a prises dans la salle, je les prépare tout en discutant avec Anya.

– Pourquoi tout le monde t'appelle Whip ? me demande-t-elle.

– Parce que « malin comme un singe[3] », je réponds en désignant ma tempe du doigt.

– Vraiment ?

---

3 Se dit *Smart as a whip*, en anglais. Le mot *whip*, utilisé seul, signifie « fouet », « cravache ».

Je me penche au-dessus du bar en posant les coudes sur l'acajou tout en tapant du poing sur le bord :

– Tu ne me crois pas, hein ?

Tout de suite, elle est sur la défensive :

– Mais si ! Bien sûr que je te crois. Je me demandais juste si ça avait un rapport quelconque avec un vrai fouet ou si tu étais expert dans la façon de le manier.

À ce moment-là, elle devient rouge jusqu'aux oreilles et sa réponse me fait éclater de rire.

– Mais non, voyons ! Tu sais, à l'école j'étais plutôt du genre bon élève bien sage. D'ailleurs, Shay ne supportait pas de me voir travailler si peu et ramasser des bonnes notes à tous les coups. Comme j'étais toujours au tableau d'honneur et que j'ai eu mon bac avec mention, le club m'a surnommé Whip. Ils m'ont appelé comme ça, juste avant que je parte pour l'armée. Un petit nom que j'avais hâte de retrouver quand je suis revenu.

Anya se mord les lèvres et prend une nouvelle gorgée de son verre.

– Raconte-moi un peu tes parents, je lui demande, dans l'espoir d'en savoir un peu plus sur elle.

Je la vois qui serre les dents et se raidit comme si elle avait besoin de se préparer avant de m'en parler. Elle respire un bon coup tout en dessinant des cercles sur le bord de son verre et me répond :

– Mon père est décédé quand j'avais quinze ans. Une crise cardiaque à son boulot, je crois qu'il est mort avant d'avoir touché terre.

Je lui prends la main et la serre fort dans la mienne :

– Bébé, je suis désolé.

– Merci, dit-elle avec un sourire tristounet. Il y a déjà longtemps, mais c'est vrai qu'il me manque. C'était un homme facile à contenter. J'étais sa fille unique, mais il voulait tout de même que je lui rapporte des bonnes notes.

– Facile à contenter ? Drôle de façon de parler de ton père, Bella.

– C'était un homme bon qui travaillait dur pour subvenir aux besoins de sa famille. Il s'assurait que je ne manque de rien, en particulier en ce qui concerne la danse. Pourtant, il travaillait tellement que, souvent, il ne pouvait pas venir me voir danser.

Quand j'étais ado, je ne me rappelle même pas qu'il soit venu une seule fois.

En nettoyant le bar un peu plus loin où un couple vient de s'en aller après avoir fini leurs verres, je lui dis :

– C'est un peu triste ce que tu me racontes, j'imagine que ça a dû être dur pour lui. Moi, je ne veux pas louper une seule des apparitions de mon petit tournesol. Même si je ne peux pas la conduire ni venir la rechercher à ses cours de danse, je fais ce qu'il faut pour elle. Je la réveille le matin, je lui prépare son petit dej, son déjeuner, je la conduis à l'école et l'accompagne même jusqu'à sa classe ; et, le soir, je lui fais son dîner. Je peux même quitter le travail pour ne pas manquer quelque chose d'important la concernant.

– Ce qui est formidable, Shane. Mais tu sais, mon père lui aussi a fait ce qu'il a pu pour que sa famille ne manque de rien, elle me répond d'une voix qui a changé de ton. En fait, il en est mort.

– Bébé, loin de moi l'idée de critiquer ton père ! Je te dis juste que ça a dû être dur pour lui de ne pas pouvoir être avec sa famille autant qu'il l'aurait voulu.

Elle acquiesce : une réponse qui ne me satisfait pas totalement.

– Et ta mère ? je demande alors en voulant de changer de sujet.

Une façon comme une autre de m'en sortir… J'ai compris qu'en posant des questions sur son père, j'ai mis les pieds là où il ne fallait pas.

– Ma mère est quelqu'un de difficile. Elle attend trop de moi et estime que je l'ai souvent laissée tomber, me répond-elle en jouant avec la serviette en papier qui est sous son verre et dont elle essaie d'aplatir les coins froissés.

– Comment ça ? Tu as réussi à devenir danseuse étoile, maintenant tu as ouvert avec succès ton propre studio et tu fais ce que tu aimes. Sans doute tu ne danses pas sur scène devant des milliers de personnes à travers le monde, mais tu enrichis la vie de personnes qui ne demandent que ça en enseignant chaque jour l'art de la danse. Ce qui, de mon point de vue, est bien plus fort que d'être la star de la production de quelqu'un d'autre.

Elle fronce les sourcils et fait la moue, un peu étonnée :

– Je n'ai jamais considéré ça de cette manière, répond-elle en posant une main sur sa joue. Décidément, Shane, avec toi, je vois les choses sous un angle différent.

– Non, Bella. Je te fais voir les choses telles qu'elles sont, tout simplement. Pas dans cette vision du monde un peu tordue que tu as fini par te construire dans le passé. La vie est à la fois superbe et bordélique. Il n'y a pas une bonne et une mauvaise façon de l'aborder. À une certaine époque, tu dansais, et, d'après ce que j'ai vu, tu devais être l'une des meilleures.

Elle lève la tête et me regarde avec fierté :

– J'étais même la meilleure de la compagnie.

– Et maintenant, tu es encore la meilleure dans ta propre compagnie, celle que tu diriges. Tu es devenue une femme d'affaires qui travaille avec les enfants. Une femme qui leur apprend que leurs propres rêves sont réalisables parce que tu es passée par là.

– Mais... un si court instant...

– Deux ans, ce n'est pas rien. Moi, j'ai fait l'armée pendant quatre ans, ce qui n'a pas été suffisant pour monter en grade et rendre mes parents fiers de moi. La vie en a décidé autrement, elle est devenue plus compliquée, j'ai dû changer mes propres rêves. Maintenant, mon but, c'est d'avoir une femme comme il faut, de rendre ma fille heureuse, de bien gérer ce bar et de passer du temps avec ma famille et mes camarades. Et... peut-être aussi d'avoir d'autres enfants.

Elle me regarde avec des yeux ronds comme les verres en cristal dans lesquels on sert le whisky de l'étagère d'en haut.

– D'autres enfants ? s'exclame-t-elle en frappant sa poitrine qui, soudain, palpite plus vite.

J'éclate de rire et lui attrape les mains en lui répondant :

– Relax ! On peut en avoir autant que tu veux ou un seul si tu préfères, Bella. Tant qu'ils auront ton beau visage et ton talent, moi, tout me va.

– Moi ? elle s'écrie, toute surprise. Tu veux avoir des enfants avec moi ?

Cette fois, elle a l'air paniquée. Je me penche alors au-dessus du bar et approche mon visage aussi près que possible du sien en lui murmurant :

– Bella, qu'est-ce que tu crois que nous faisons ici ?

Je la vois qui ravale sa salive alors que je mets une de ses boucles blondes derrière son oreille pour mieux caresser le duvet de sa joue.

– Je… je n'ai… je n'ai jamais pensé avoir des enfants.

– Mais tu fais merveille avec eux.

Elle en reste bouche bée. Au lieu de répondre, elle me fait juste un petit hochement de la tête. Je lui décoche un grand sourire et me rapproche encore plus près de son visage pour l'embrasser :

– Écoute bien ce que je vais te dire, Anya : un jour tu porteras ma bague et tu seras enceinte de mes enfants.

Et je conclus en lui donnant un autre baiser aussi doux que je peux.

***

Nous nous tenons par la main en montant l'escalier qui mène vers mon appart. Anya est restée au bar jusqu'au moment où j'ai pu m'en échapper. Heureusement, un employé qui voulait se faire quelques pourboires supplémentaires a bien voulu prendre le relais, ce qui m'a évité de rester jusqu'à la fermeture.

Au retour, Anya est restée silencieuse. J'ai préféré prendre le camion pour lui tenir la main pendant tout le trajet. Elle avait l'air tranquille et heureuse de ma présence, comme elle l'avait été pendant la soirée. Au boulot, nous avons pu discuter et faire le point sur nos vies ; on a aussi parlé de notre mal-être d'adolescents. Elle, c'était la danse et les mauvaises habitudes qu'on lui a inculquées de force, moi, c'était mes problèmes d'érection qui arrivait toujours quand il ne fallait pas et les mauvais tours que je jouais constamment à ma sœur. Elle m'en a appris davantage sur la sévérité de sa mère qui lui interdisait même d'avoir de trop nombreux amis. Holly Hatfield, la libraire de notre ville, est en fait la seule qu'elle a pu garder pendant sa jeunesse. Elles ont eu la chance de se rencontrer en Alaska, grâce à un échange d'étudiants étrangers, ensuite elles ont gardé le contact par mail et par téléphone.

Je suis triste pour elle en pensant à l'enfance qu'elle a eue. Elle n'a que des choses positives à dire sur son père ; sur sa mère, en revanche, c'est une autre histoire. J'ai bien l'impression qu'elle n'est qu'une mauvaise qui veut tout contrôler et qui a vécu sa propre vie à travers celle de sa fille. Elle lui a souvent mis une pression insoutenable en fixant à Anya des buts impossible à atteindre pour ses fragiles épaules. Pire, quand Anya y arrivait, tout juste si elle obtenait en récompense une marque d'affection de la femme qui ne cessait jamais d'être sur son dos. Il faut que j'en touche deux mots à Shay et à Mags. Ma sœur et ma mère sont capables de lui prouver tout leur amour de femmes bikeuses en une seule et belle étreinte.

Je jure mes grands dieux que je ne vais pas foirer cette histoire avec Anya. Au plus profond de mon cœur, je sais qu'elle est la femme qu'il me faut. Mon âme soupire en sa présence. Chaque centimètre de ma peau ressent le besoin de toucher la sienne dès qu'elle est près de moi. C'est comme si tout mon corps l'appelait d'un cri si puissant qu'il en devient insoutenable ! Putain, je sais même qu'elle ferait une mère parfaite pour ma fille. Un jour, tout proche maintenant, j'espère qu'elle va le devenir.

Une fois la porte ouverte, j'allume la lumière. Elle entre et, presque tout de suite, elle s'arrête au centre de mon petit living en se croisant les bras, l'air inquiète :

– Bella, regarde-moi.

Elle baisse la tête et se retourne lentement sur ses petits talons d'un rose très sexy.

– Tes yeux, bébé, j'ai besoin de voir tes yeux.

Elle laisse alors tomber ses bras, le châle qu'elle porte glisse par terre. Comme je veux lui donner le temps de se mettre à l'aise, je reste à l'écart et m'appuie contre le mur. Je veux m'assurer qu'elle est prête à ce qui va suivre sans avoir besoin de mes mains ni de mes lèvres pour la convaincre. En la regardant, le désir d'aimer son corps monte en moi, mais j'ai aussi besoin d'aimer qui elle est au fond d'elle, afin de rassurer son cœur.

– Dis-moi un peu ce que pense cette magnifique tête blonde.

Le compliment la fait sourire ; ma poitrine commence à palpiter.

– Je n'ai couché avec un garçon qu'une seule fois dans ma vie. Je n'ai pas aimé ça. En plus, il y a déjà cinq ans !

En entendant ces mots, j'appuie fort mes mains contre le mur pour m'empêcher de m'écrouler. Mon corps et mon esprit tremblent en pensant à toutes les possibilités qui soudain s'offrent à moi. Voilà une information qui change la donne. Et de beaucoup. Dans le désir presque douloureux, parce que contenu, de passer à l'action, de jouir et de recommencer, ma queue se met à gonfler sous la braguette de mon jean.

Sauf qu'avec elle, je dois faire preuve de plus de patience. Je le vois, elle est inquiète et sur ses gardes. Je mettais ça sur le compte de sa douceur et de sa timidité, mais je sais maintenant que c'est aussi à cause de son manque d'expérience.

Putain, Anya est vraiment la femme la plus étrangement sexy et la plus envoûtante que j'aie jamais vue. Comment a-t-elle pu vivre pendant cinq ans sans avoir une ribambelle de mecs à ses trousses ? Ça me dépasse. Mais, putain, le fait qu'elle manque d'expérience me convient tout à fait.

– Ok, je réponds d'une voix rauque.

– Ok ? C'est tout ce que tu trouves à dire ?

Je ricane nerveusement. Les possibilités qui tout à l'heure m'ont traversé l'esprit s'agitent maintenant en moi comme la roue d'une loterie… avec tout plein de numéros gagnants.

– Bébé, le fait que tu n'aies pratiquement pas été touchée ne va pas me rendre triste. Ça veut simplement dire que ce que, toi et moi, nous allons faire va sortir de l'ordinaire et devenir un souvenir mémorable.

Dans le désir de me rapprocher d'elle, j'étends le bras, prêt à mettre ma main dans ses cheveux blonds, prêt à lui jeter la tête en arrière pour sucer la peau blanche et tremblante de son cou.

Elle lève les yeux, se redresse et sort légèrement sa poitrine avant de me demander :

– Ça ne te déçoit pas que je manque d'expérience ?

Cette fois, je n'en peux plus de me tenir aussi éloigné, mais, malgré tout, je refrène mes instincts les plus primitifs. Pour elle, en attendant de la savoir plus confiante, je veux y aller doucement. Même si je bous intérieurement.

Au bout d'un moment, incapable de tenir ma distance plus longtemps, comme un chat approchant sa proie, je finis par m'avancer vers elle.

– Pas le moins du monde, je susurre entre mes dents.

Je sens qu'elle laisse tomber la tension qui paralysait ses épaules.

– Rassurée ? je lui demande doucement en jouant avec la dentelle qui borde sa robe.

Je me mets derrière elle et défais le nœud de satin qui retient sa ceinture, elle s'immobilise et retient sa respiration.

– Enchantée ? je murmure à son oreille en glissant ma main sur son dos jusqu'à ce que je trouve la fermeture Éclair.

Elle se met à trembler.

– Troublée ? je demande enfin en descendant le zip vers ses petites fesses pour découvrir sa peau immaculée.

En ouvrant sa robe, j'en profite pour déposer un baiser dans son cou. Comme je m'y attendais, son vêtement glisse par terre dans un froissement de dentelle à peine perceptible.

Grande et mince, Anya s'offre à l'action. Je pose mes mains sur la chair de ses lèvres et je la sens qui tremble sous l'effet du contact. Tout doucement, avec une infinie précaution, je les laisse glisser sur ses petites hanches et remonte en caressant chaque relief de sa cage thoracique. Arrivé au bas de son soutien-gorge blanc tout simple, je défais les crochets. Avec toute la tendresse qu'il m'est encore possible d'exprimer, malgré le niveau de mon excitation, j'embrasse la blancheur immaculée de son cou tout en attrapant chacune des bretelles. Je fais glisser le soutien-gorge le long de ses bras jusqu'à ce qu'il tombe par terre lui aussi.

Sa peau se couvre de chair de poule ; lentement, elle vient s'appuyer contre moi. Je laisse traîner le bout de mes doigts sur ses bras. Jusqu'à ses mains. Je saisis la droite et viens la poser sur mes lèvres en embrassant une à une ses phalanges ; puis je recommence avec la gauche.

Avec une infinie légèreté, je l'enlace en l'entourant par-derrière. Elle lâche un soupir et vient se presser davantage contre moi, ne portant plus que sa culotte en dentelle blanche et ses talons. Jetant un léger coup d'œil par-dessus ses épaules, je dois me mordre les lèvres en apercevant les mouvements que sa respiration haletante imprime à sa petite poitrine. À l'évidence, le rose pêche de ses tétons réclame qu'on s'en occupe.

Aussi, dans l'idée de ne pas trop l'effrayer, je fais glisser mes doigts le long de son ventre pour venir empoigner ses seins.

Ils tiennent juste dans chacune de mes mains. Elle se cambre sous l'effet de mes caresses et je me mets à sourire contre son cou avant de venir sucer là où je la sens la plus sensible. Entre le pouce et l'index, je pince à peine ses tétons qui ont la taille de petites fraises des bois et je les roule délicatement entre mes doigts.

– Ohhh... soupire-t-elle en se cambrant un peu plus.

J'accentue la pression en tirant légèrement sur les bouts par petits coups. Elle commence à gigoter des hanches tout en levant avec élégance un bras qu'elle vient poser derrière ma tête alors que je continue à jouer avec ses petits seins.

Elle est tout simplement magnifique !

– Tu es sublime, je lâche en plongeant mon nez dans sa chair.

Anya gémit quand je commence à augmenter la pression de mes mains sur sa poitrine pulpeuse.

– Tu aimes quand je joue avec tes jolis petits tétons, Bella ? Tu veux que j'y mette la bouche ? je demande en lui léchant le cou avant de descendre vers son épaule.

– Ouiii... répond-elle, haletante, en faisant pivoter ses hanches contre ma queue bien tendue comme si elle jouait avec son manège personnel.

Je tourne autour d'elle et la mordille un peu avant de l'attraper par son cul absolument parfait. Elle enroule alors ses jambes autour de moi. Je la porte à travers la pièce, passe un petit couloir et arrive jusqu'à mon énorme lit. Ayant prévu ce moment, j'avais laissé une petite lampe allumée sur ma table de nuit. Elle éclaire peu, mais assez pour me permettre d'admirer toute sa beauté dans le halo d'une lumière chaude.

En l'embrassant avec passion, je pose un genou sur le lit et la dépose sur l'édredon. Je la lâche et fais vite passer ma chemise au-dessus de ma tête. À mesure qu'elle découvre mon torse, ses yeux s'assombrissent ; elle se lèche les lèvres d'une telle façon que ma queue me fait mal à force de cogner contre la braguette de mon jean.

– Je ressens les mêmes envies quand je regarde ta poitrine, bébé.

J'éclate de rire et défais les boutons de mon pantalon avant de le jeter par terre avec mon slip ; mes bottes et mes chaussettes suivent en un clin d'œil.

Sa bouche prend la forme d'un « O » majuscule quand elle aperçoit la taille de ma queue bien dure. Je l'attrape à pleine main et commence à me branler. Fascinée, elle ouvre de grands yeux en me regardant faire... Pour son plus grand plaisir... et le mien.

À regret, je dois lâcher ma queue pour attraper une de ses chevilles avant de lui lever la jambe. Elle n'oppose aucune résistance. À ce moment-là, je me souviens qu'elle ne peut pas lever complètement sa jambe et l'écarter en même temps. Je garde cette petite info dans un coin de ma tête au cas où j'en aurais besoin plus tard. N'ayant plus qu'une seule façon de l'atteindre en dessous de la ceinture, je veux quand même lui faire passer une nuit qu'elle n'oubliera jamais. Ce qui veut dire que je dois d'abord et avant tout m'occuper d'elle. On testera sa souplesse plus tard.

J'embrasse sa cheville, enlève sa sandale et la jette par terre. Je renouvelle l'opération de l'autre côté. Faisant alors glisser mes mains le long de ses belles jambes musclées, je remonte jusqu'à sa culotte. Je glisse mes doigts à l'intérieur et jette un œil à son visage :

– Je peux ?

Je pose cette question d'une voix si douce que je reconnais à peine le ton de ma voix.

– Mais... je t'en prie, elle répond, plus téméraire.

Sa voix en revanche est clairement pleine de désir.

Le moment est choisi pour faire glisser sa culotte le long de ses jambes pendant que je me penche sur elle et l'embrasse sur le ventre en n'oubliant pas de faire des petits cercles avec ma langue autour de son nombril. Elle sent la menthe mélangée à la lavande avec une pointe de musc féminin qui n'appartient qu'à elle. Rien qu'à son odeur, je salive en sachant que son excitation augmente peu à peu.

D'un rapide geste des mains, je lui écarte les cuisses en les gardant bien ouvertes pour la regarder. Tout de suite, elle essaie de les refermer en réalisant vers où je m'apprête à plonger la tête.

– Shane... Hum... Shane... Je n'ai... jamais...

Ses mots qui arrivent pêle-mêle vont vite s'évanouir dans un long soupir tandis que je viens coller ma bouche sur son entrejambe.

Elle a le goût du miel. Le goût du nectar des putains de dieux ! Elle est à moi et rien qu'à moi.

Je fais pression avec mes mains sur ses cuisses pour les garder bien ouvertes et pouvoir rentrer chez moi dans sa chatte. Elle s'abandonne sous ma pénétration et se relève pour attraper ma bouche… j'en profite pour plonger ma langue dans la chaleur de sa bouche.

– Shane ! elle s'écrie avant de m'embrasser sauvagement. Oh… Mon. Dieu. Oh… Mon Dieu ! répète-t-elle inlassablement à mesure que je la pénètre toujours plus.

Je suce ses lèvres charnues. L'une… et puis l'autre.

Je tourne ma langue au plus profond de sa gorge.

Je la titille autour de ses lèvres en feu en utilisant rien que la pointe.

J'écrase un baiser chaud et humide dans l'ouverture extasiée de sa bouche.

Je goûte à tout ce qui est possible. Et tout est perfection.

Et puis, quand elle enfonce ma tête dans sa chair en répétant mon nom dans des extases qui reviennent sans cesse, je glisse contre elle et viens poser mes lèvres sur son clito que semble pris de spasmes. Maintenant je le suce… je le suce à fond.

Anya se met à hurler en retenant ma tête sur son entrejambe. Ses hanches se cambrent dans l'air et, tout à coup, s'immobilisent. Je me retire légèrement et j'y retourne jusqu'à lui provoquer non pas un, mais deux et même trois orgasmes avant qu'elle me supplie d'arrêter.

Elle s'écroule sur le lit, comme désossée. Au bout d'un moment, elle ouvre grand les yeux, les lèvres encore entrouvertes. J'ouvre alors le tiroir de la table de nuit pour attraper une boîte de préservatifs. Je glisse ensuite ma queue déjà mouillée dans une capote et viens appuyer mon gland à l'entrée de son sexe en attendant le moment propice.

Mon Anya me regarde les yeux tout humides ; un large sourire rayonne sur son beau visage quand elle me dit :

– Sois avec moi.

Aucune instruction supplémentaire n'est nécessaire.

– Maintenant et pour toujours, ici et partout, Anya, je t'en fais la promesse, je jure, alors que doucement je pénètre dans ma nouvelle maison.

Anya glisse à la fois ses bras et ses jambes autour de moi afin de me prendre en elle dans une profondeur que jamais je n'ai ressentie auparavant. Lentement, elle devient une partie de moi-même, elle devient mon corps, elle devient mon cœur.

– Fais-moi l'amour. Montre-moi ce que faire l'amour veut dire, me murmure-t-elle dans un souffle contre mon oreille.

– Je vais te le montrer, Bella… et je te le montrerai chaque jour du reste de ma vie.

CHAPITRE 7

Anya

Je me réveille, les bras retenus au-dessus de la tête, les jambes écartées, avec le corps tout chaud de Shane juste au-dessus de moi. Peu à peu, je sens ses lèvres qui me tètent les seins par petits coups répétés. Je me cambre sous l'effet du plaisir qui monte et pousse de longs soupirs alors qu'il vient poser ses lèvres autour d'un téton qui durcit sous la chaleur de sa langue.

– Bonjour, Bella, dit-il d'une voix rauque en relevant la tête.

Il positionne ensuite son corps musclé entre mes jambes et vient poser ses lèvres sur les miennes. Il commence par les titiller puis il me donne de grands coups de langue auxquels j'ai presque du mal à répondre. Quand il en a assez, il glisse le long de ma joue, le long de mon cou et retourne vers ma poitrine. Il chuchote :

– Je me pose des questions, bébé…

Je respire un bon coup et soupire, un peu lointaine.

– Sur quoi ? je réponds en regardant mon corps.

Il s'est légèrement relevé pour pouvoir admirer ma petite poitrine et regarder plus bas, entre mes jambes, en même temps.

– Je ne sais pas ce dont j'ai le plus envie. M'occuper davantage de ces petits seins parfaits ou aller bouffer ta chatte ?

Il se claque le ventre, me lâche les mains et vient caresser ma poitrine en la remuant dans tous les sens.

– Décision, décision.

Je lui fais un grand sourire en me rappelant que, la nuit dernière, ces deux plaisirs furent tout simplement fabuleux. Mes jambes commencent à trembler, il se met sur ses genoux et me passe le pouce le long du corps comme s'il me caressait :

– Si rose, si joli ! Il n'y a pas un centimètre de ta peau qui ne soit pas rose et magnifique. Parfois ta beauté me fait mal aux yeux, bébé.

Plus sûre de moi que je n'ai jamais été de ma vie, je caresse moi-même ma poitrine avant de serrer mes seins l'un contre l'autre

– Tu sais, tu n'as pas forcément besoin de choisir !

Il s'en lèche les babines avant de me faire un petit sourire entendu.

– Comment te sens-tu, ce matin ?

Quand il m'agrippe par le petit bourrelet que j'ai de chaque côté des hanches, je sursaute légèrement, ma blessure d'il y a un an reste encore sensible. J'ai dû prendre pas loin de deux kilos depuis mon accident, ce que, bien sûr, je déteste. Mais là, dans l'instant présent, quand je vois ses yeux pleins de désir fixés sur ce qu'il tient entre ses mains, je remercie mon corps pour ce supplément de rondeurs féminines.

Je glisse mes mains vers mes formes, jusqu'à ce que mes doigts rencontrent les siens.

– Mieux que je ne me suis jamais sentie dans ma vie. Je n'avais aucune idée que le sexe pouvait être aussi… aussi…

– Magnifique ! Incroyable ! Intense ! ajoute Whip, les yeux tout brillants de joie.

– Un truc qui vous change la vie, je murmure.

Son visage, soudain, prend une expression plus virile et il gonfle le torse avec fierté :

– Tellement vrai.

Je lui souris en me mordillant les lèvres avant d'ajouter, un peu timide :

– J'en veux encore.

Tout de suite, je sens la chaleur qui me monte au visage avant d'envahir mon cou pour venir ensuite se répandre sur toute ma poitrine.

– Ma femme voudrait-elle s'en resservir ? me demande-t-il

dans un grognement, les narines vibrantes, tout en saisissant son sexe en pleine érection. La question est, après nos ébats de la nuit dernière : qu'as-tu envie de goûter cette fois-ci ?

Je revois rapidement dans ma tête tout ce qu'il a pu me faire la veille. Quand il m'a prise, il a commencé doucement et lentement. La deuxième fois, il était plus intense, plus empressé. La troisième, il est devenu sauvage et fougueux. Quand enfin il m'a prise de dos, j'avais les mains agrippées aux barreaux de la tête de lit, on était tous les deux sur nos genoux, et il m'a fait quasiment perdre conscience plusieurs fois, j'avais perdu toute capacité à lui résister.

– Et toi, de quoi as-tu envie ? je lui demande en caressant son bras musclé.

Je sens un tremblement lui parcourir le corps tandis qu'il doit imaginer ce dont il a envie.

– Dis-moi, j'ajoute en ouvrant grand mes jambes pour qu'il puisse bien me voir.

Je suis totalement offerte et prête à tout ce qui pourrait lui venir à l'esprit.

– Tout ce que je veux ? me demande-t-il en relevant un sourcil.

Ses cheveux châtain clair en bataille lui tombent sur le visage d'une façon tellement sexy que j'ai envie de passer ma main dedans.

– Je vais te donner tout ce que j'ai à donner.

Shane se recule sur les genoux pour se mettre debout au pied du lit ; il m'attrape par les hanches et m'installe sur le bord.

– Assieds-toi, j'ai envie de sentir ta bouche sur ma queue avant que je te baise jusqu'à demain, me dit-il alors un ton qui ressemble à un ordre.

Aucun doute, sa voix est pleine d'un désir pressant.

Effrayée par tant d'assurance, je sens mes yeux qui s'écarquillent et mon corps entier qui tremble. Je n'ai jamais fait un truc pareil avant et, même si Shane m'en a déjà appris pas mal en une seule nuit, cette fois, j'ai peur de ne pas être à la hauteur et de le laisser insatisfait. Je fonce les sourcils en m'asseyant, je lève les mains et remue mes doigts, ne sachant pas très bien comment commencer. La dernière chose que je veux perdre, c'est l'extase physique que nous avons tous les deux déjà connue en une seule et unique nuit.

– Bella…

Le regard dirigé vers le bas, j'avance timidement mes lèvres.

– Anya, regarde-moi…

Comme je sais que des larmes commencent à perler dans mes yeux et qu'une certaine confusion s'empare de moi, mélangée à de la tristesse, à cause de la peur de mal faire, je fais non de la tête. Je me sens nulle.

Il me prend alors le menton et m'oblige à le regarder. Son visage est plein de douceur et d'attention :

– Bébé, avec moi, tu n'as pas besoin de faire ce que tu n'as pas envie de faire… Merde ! ça ne m'a même pas effleuré l'esprit que tu pourrais ne pas en avoir envie.

Je me sens encore plus mal en entendant le regret exprimé dans ses paroles.

– Non, je… veux essayer. C'est juste que… tu sais, je n'ai jamais fait ça et, en même temps, j'ai tellement envie d'être tout ce dont tu as besoin.

Je commence à trembler tellement j'appréhende sa réaction.

À ce moment-là, Shane s'accroupit devant moi. Il pose sa main sur ma nuque et s'approche tout près. Je distingue parfaitement le halo vert clair de ses yeux traversés d'un d'éclat jaune d'or.

– Voyons Anya, comme ça, telle que tu es, sans rien changer, tu es déjà tout ce dont j'ai besoin. Tout ce que tu n'as pas encore fait dans cette chambre n'est qu'une possibilité que je chéris de tout mon cœur ! Un cadeau à venir. C'est une chance pour moi d'être celui qui partage de nouvelles expériences avec toi. Tu sais, bébé, je ne veux rien vivre de plus que ce qu'un couple ordinaire peut normalement vivre… avec toi, c'est évident. Sexe y compris, cela va sans dire. Nous sommes le feu et la lumière. Tout ce que nous avons fait cette nuit est le meilleur que j'aie jamais eu. Tous les instants que je partage avec toi ne sont que pure beauté.

Je me prends la tête dans les mains avant de lui répondre :

– Je suis en train de tomber amoureuse de toi, Shane.

Ma voix tremble, mais je ressens le besoin impérieux de le lui dire, je ne peux plus attendre davantage.

– Je sais que c'est trop tôt pour dire une chose pareille, mais…

Il passe sa main dans mes cheveux et, en gardant ma tête près de son visage, il ajoute :

– Anya, j'étais un homme perdu dès l'instant où j'ai vu comment tu regardais ma fille. Tout de suite, j'ai compris que j'avais besoin de ce regard, non seulement pour Shayna mais aussi pour moi… et pour toujours. Maintenant que tu es là, que j'ai goûté à tes baisers, que je connais la sensation d'avoir tes jambes, tes bras et surtout ton cœur au creux de mes bras… impossible de revenir en arrière. Tu es devenue ma chérie. Tu es ma femme. Tu es toute à moi.

Sans attendre, je l'embrasse tendrement en laissant derrière crainte, peur, anxiété et toute l'horreur qui existe entre ces trois mots. Je sais dorénavant que Shane saura prendre soin de moi. Shane va faire que tout se passe bien. Je n'ai plus rien à craindre quand je suis avec lui. À partir de maintenant, je prends la décision d'être libre.

Libre de moi-même.

Libre de l'embrasser quand je veux.

Libre de le prendre dans mes bras autant que je veux.

Libre de l'aimer comme je veux et, en même temps… libre de m'aimer comme lui le fait.

Shane m'enlace d'un bras autour de la taille et, de l'autre, il me prend par les fesses en me remontant sur le lit. Puis il se retourne pour attraper la boîte de préservatifs qu'il a négligemment jetée sur la table de chevet la nuit dernière. Enfin, il s'assoit, déchire l'enveloppe, fait glisser la capote sur sa queue et me regarde en se léchant voluptueusement les lèvres.

– J'ai envie de te baiser à fond. J'ai envie de te baiser à la sauvage. J'ai envie de te baiser jusqu'à ce que tu sentes chaque centimètre de moi tellement profondément enfoncé dans ton corps et dans ton âme que tu ne puisses plus jamais te passer de ton Whip.

Mon cœur se met à battre fort la chamade ; le plus naturellement du monde, je lève mes genoux vers ma poitrine en écartant largement mes jambes.

– Mon Dieu, oh là là…

Je le regarde avec un large sourire en faisant glisser mes mains le long de mes cuisses pour venir les poser derrière mes genoux, là où se trouve ma cicatrice.

– Ça te fait mal ? il me demande en caressant tout mon corps du regard.

– Pas le moins du monde.

Ses yeux sont si ardents de désir que j'ai peur qu'ils me consument, mais je sais aussi que ce sera de la plus belle façon possible.

– Combien de temps peux-tu rester dans cette position ? dit-il d'une voix qui gronde comme le tonnerre avant l'orage.

– Pendant combien de temps peux-tu me baiser ?

Je réalise que, depuis que nous nous connaissons, c'est la première fois que j'utilise un mot grossier. Je trouve ça vulgaire et légèrement obscène, mais comme j'aime la réaction de mon mec quand il l'entend !

– Oh, Bella, tu vas bientôt regretter de provoquer les instincts de la bête !

Il pousse un grognement, baisse tout de suite la tête et vient vite coller ses lèvres au centre de mon entrejambe. Il dépose ensuite un suçon mouillé exactement là où il sait déjà que ça me rend dingue, là où il sait que j'en ai besoin. Instantanément, je hurle de plaisir et le regarde avec un grand sourire en lui répondant :

– Mon chéri, sérieusement, j'en doute.

Je tends alors mes pieds, attrape mes chevilles et tords mon corps jusqu'à le plier en deux. Il grogne encore. Je le sais, mon homme grogne en me voyant si souple et surtout en constatant la façon obscène dont je sais utiliser mon talent.

Sans rien dire, dans toute la fierté de femme qui m'appartient, je profite au maximum de l'instant où son gros gland se fraie un chemin à l'intérieur des muscles encore contractés de mon vagin. Il se glisse à l'intérieur, m'attrape par les chevilles et m'écarte les jambes pour pouvoir me regarder. Son corps massif se penche sur moi en appuyant sur mes cuisses. C'est fini, je ne sens plus mes muscles, il n'y a que la pression de son corps qui pèse sur moi, que la pression de sa queue qui s'enfonce si loin que j'en perds mon souffle.

À ce moment-là, je sais que je vais souvent provoquer les instincts qui sommeillent au fond de moi s'il réagit chaque fois comme il est en train de le faire.

Il pose son front sur le mien en commençant à faire des mouvements de va-et-vient dans un rythme encore lent qui ne fait que torturer mon corps plein de désir.

– Ça va ?

Je ne peux que laisser retomber mes jambes sur ses larges épaules afin de pouvoir relever mes hanches vers lui pour venir frapper contre son bas-ventre.

Je constate qu'une immense joie vient peu à peu envahir son visage :

– Anya, ta souplesse va me tuer, dit-il en m'embrassant dans le cou.

Effet immédiat : je suis couverte de chair de poule. Sans attendre, j'agrippe alors son dos transpirant et musclé afin de mieux m'accrocher à ses assauts.

Une sorte de chaleur m'envahit par vagues successives quand je commence à cogner mes hanches contre ses mouvements répétés de va-et-vient. On se monte littéralement l'un l'autre tandis que notre plaisir grimpe vers d'incroyables sommets d'où je ne veux plus redescendre.

Le bruit des chairs qui se frappent envahit la chambre, tout comme les grognements du mâle et les soupirs de la femelle. C'est une puissante musique qui s'élève, écrite par les instruments que sont devenus nos corps.

C'est sublime, c'est sauvage, on approche de la pure magie.

Shane laisse retomber mes jambes, toujours ouvertes pour lui, sur le matelas. Il se relève sans défaire le lien qui nous rattache de la façon la plus primale. D'une main, il m'attrape par les épaules et se penche vers moi ; de l'autre, il me prend par la taille. Aidé de légers mouvements circulaires de ses hanches, il me pénètre plus avant en frottant mon clito à chaque parfaite rotation. Ses yeux sont à la fois rivés aux miens et très intéressés par sa verge humide qu'il arrive à faire entrer entièrement en moi. À chaque poussée de son gland dilaté, je réagis. Bientôt, il est totalement fasciné de voir comment mes grandes lèvres arrivent à s'accommoder du tremblement de terre que provoquent les mouvements de sa grosse queue.

Tellement concentrée sur la chaleur quasi insupportable qui monte entre mes cuisses, j'ai du mal à reprendre ma respiration.

Là où nous ne formons qu'un, c'est comme un concentré d'extase qui tout à coup est prêt à exploser.

– J'adore te baiser, Anya. J'adore voir ma queue rentrer et sortir de ton corps sublime. J'adore ta peau blanche comme la perle devenir rose quand je la touche, l'embrasse et la mordille. J'adore tout en toi, ma chérie que j'ai choisie. Tu es la femme parfaite que j'attendais.

Ce concentré d'extase qui monte entre nous semble soudain redoubler quand j'essaie de reprendre ma respiration entre les intenses pénétrations qu'il assène sans arrêt dans mes profondeurs les plus sensibles. Quand je contracte mes muscles autour de sa verge, il se met à se cambrer et à rugir comme un lion. Tout à coup, il déplace ses mains vers mes hanches, se relève sur ses genoux et, jetant sa tête en arrière, il continue à rugir de plus belle en se servant de mon corps entier pour branler sa queue.

Je l'entoure de mes jambes, pose mes mains à plat sur le lit et laisse exploser toutes les tensions qui s'étaient accumulées en moi. Ce ne sont plus que des éclairs de joie intense qui me traversent. En comparaison, cet orgasme dépasse tous ceux que j'ai eus la nuit dernière, surtout quand ses doigts se posent juste au-dessus de l'endroit où il me pénètre pour y dessiner de petits mouvements circulaires.

La bouche ouverte, je laisse échapper un cri muet tandis qu'un deuxième orgasme explose au plus profond de moi en faisant remonter, cette fois encore, les vagues successives d'une extase sexuelle qui jamais ne semble vouloir prendre fin. Je suis comme pétrifiée en regardant le chaos du plaisir qui s'empare alors de lui.

Le corps de Shane s'immobilise, ses muscles se tendent. Ses veines ressortent sous la peau de ses bras et ses biceps se gonflent dans l'effort qu'il doit faire pour me garder en l'air afin de pouvoir laisser son sexe en moi au moment de jouir. La bouche ouverte, il continue à grogner, il ferme les yeux pendant que brillent des gouttes de sueur sur son superbe corps. Je n'ai qu'une seule envie : passer ma langue partout sur sa peau et me rappeler son goût pour l'éternité.

Au bout d'un moment, les choses finissent par se dissiper ; son sexe, devenu moins dur, sort doucement de moi tandis qu'il baisse mes hanches pour me déposer sur le lit. Il me prend par la taille et vient poser sa tête contre ma poitrine. Ses lèvres toutes proches de mes seins, il ne peut s'empêcher d'y déposer plein de petits baisers, et la chaleur de son haleine vient réveiller la sensibilité de mes tétons encore tout durs.

Je relève la tête et embrasse à mon tour le haut de son crâne en passant mes doigts dans ses cheveux pleins de sueur. Je lui caresse le cuir chevelu jusqu'à ce que je l'entende ronronner de plaisir comme un gros chat.

– Est-ce que le sexe, c'est toujours aussi intense ? je lui demande en regardant le plafond.

– Non, il me répond d'un seul petit mot.

– J'en attendais un peu plus venant de toi, Shane.

– Je ne peux rien te dire d'autre.

– Vraiment ? Tu veux dire que tu ne peux pas comparer notre maigre expérience avec toutes celles que tu as eues avant ?

– Non, c'est vrai, je ne peux pas. Parce que tu viens de me faire oublier tout ce qui a précédé, il me répond en relevant une main qu'il pose délicatement sur mon sein.

Il s'amuse avec l'autre avant d'y déposer un baiser juste sur la pointe du téton en chuchotant dans un souffle un léger « c'est à moi » ; puis il repose sa tête, satisfait comme un gros matou.

– Shane, je suis sérieuse là, j'aimerais bien savoir.

Je l'entends qui pousse un gros soupir avant de se lancer :

– Bébé, faire l'amour avec quelqu'un qui n'a pas d'importancc pour toi n'est qu'une simple libération de tes tensions physiques. C'est agréable sur le moment, mais la seule chose qui t'intéresse au fond, c'est de jouir. Avec toi, les choses sont différentes, Alors, non, les expériences que j'ai eues avant n'ont rien à voir avec ce que nous venons de vivre, toi et moi. Et de beaucoup.

Je lui souris et me tourne pour qu'il puisse bien me regarder :

– Si je comprends bien, tu es en train de me dire qu'entre nous c'est différent parce que tu m'aimes ?

– Bella… serais-tu à la recherche d'un compliment, par hasard ?

Surprise par sa réponse, je sens une vague colère monter en moi :

– Mais… pas du tout ! je m'exclame en faisant la moue.

Il se contente de hausser les épaules en me caressant le bras :

– Ce que j'essaie de t'expliquer, c'est que le sexe pour le sexe, ok, c'est marrant et ça peut être même super si la personne avec qui tu le fais sait comment s'y prendre pour te faire plaisir.

Je fronce les sourcils parce que je commence à comprendre qu'il me reste du chemin à parcourir avant de savoir comment lui être le plus agréable possible. Par exemple, par peur de ne pas être à la hauteur, je n'ai pas encore utilisé ma bouche.

– Faire l'amour avec quelqu'un que tu aimes pour de bon, me dit-il en relevant mon menton, avec quelqu'un qui a su mettre ton cœur dans le creux de sa main, alors là, oui, l'expérience devient mémorable. Honnêtement, je peux t'affirmer que je n'ai jamais baisé comme avec toi, bébé, parce que, tout simplement, je ne l'ai jamais fait avec une femme que j'aimais vraiment. Le sexe avec toi, c'est tout à la fois. C'est marrant, mais c'est aussi faire l'amour pour de vrai. C'est magnifique, intense et sauvage, il n'y a rien de mieux, parce que, plus que jamais, je veux tout faire avec toi. Toi, la femme que j'ai choisie, la femme que j'aime vraiment. Est-ce que cela te suffit ?

Je me penche vers lui et l'embrasse tout doucement.

– Shane, merci. Maintenant, j'ai tout compris et, tu sais, j'ai adoré tout ce que nous avons fait ensemble. Tu as réveillé en moi des plaisirs qui m'étaient jusqu'ici inconnus.

– Viens par là, bébé, me dit-il en m'attirant vers lui.

Allongée sur le côté, je pose un bras sur son ventre et j'installe ma tête confortablement sur sa poitrine. Je me blottis tout contre lui et je m'apprête à lui demander quelques éclaircissements à propos de cette histoire de « chérie » quand, soudain, je sens son corps qui se raidit. Il me rapproche encore plus de lui.

On entend alors un bruit de pas qui résonnent dans le couloir tandis qu'une voix de femme se met à crier :

– Shayna, non, ma chérie !

La porte de la chambre s'ouvre et vient claquer contre le mur.

Shayna se précipite dans la chambre, ses yeux d'un bleu lumineux brillent de tous leurs feux ; elle porte une petite robe marine et des collants arc-en-ciel. Ses cheveux sont ramassés dans une queue-de-cheval qui tient avec un gros nœud, lui aussi arc-en-ciel. Si je n'étais pas toute nue contre son père, et dans son lit qui plus est, je lui dirais combien je la trouvais mignonne. Pour l'instant, je me liquéfie et j'ai du mal à tirer le meilleur de la situation, vu que j'ai l'impression d'avoir le cerveau en bouillie.

Bien évidemment, rien ne s'arrange quand elle décide de sauter sur le lit et de se mettre à genoux à côté de nous. D'un geste rapide, j'attrape l'édredon pour nous couvrir.

– Coucou papa ! Coucou M'zelle M ! Regardez, je me suis bien amusée chez tata Shay !

Elle lève ses mains devant ses yeux, fait une petite grimace et les retourne vers nous avant d'ajouter :

– Tata m'a peint les ongles en rose ! C'est tellement joli !

– Oh merde, Shayne ! je suis désolée, s'exclame Shay sur le pas de la porte.

Elle est essoufflée comme quelqu'un qui vient de courir dans toute la maison derrière un petit bout de chou qui se balance sur le lit devant deux personnes qui, elles, c'est clair, sont totalement nues.

– Mon Dieu ! lâche-t-elle en se couvrant les yeux. Il est déjà trois heures de l'après-midi, frérot, et j'ai des courses à faire ! Rex a largement de quoi s'occuper avec les jumeaux, sinon je l'aurais gardée à la maison.

– Très jolie, mon petit tournesol, marmonne Shane.

– Euh… Euh… et devine ce que j'ai décidé que je veux pour mon anniv ? elle répond en gigotant, tout excitée.

– Shayna, il reste encore plusieurs semaines avant ton anniversaire.

– Humm…

– Je suis vraiment désolée, Shane, ajoute Shay, encore gênée.

– Pas de problème, sœurette, si tu pouvais seulement la calmer un peu avant ton départ, lui dit-il, imperturbable.

Quant à Shayna, appuyée contre la poitrine dénudée de son père, elle continue :

– Papa, je veux te dire ce que je veux, comme ça, tu pourras me le donner.

– Et qu'est-ce que tu veux, mon bébé, il répond en lui pinçant la joue.

Elle me regarde, puis se retourne à nouveau vers son père avant d'ajouter :

– Je veux que M'zelle M soit ma maman pour mon anniv. Comme ça, on pourra tout le temps danser, on pourra s'amuser à s'habiller, on pourra jouer avec les Barbie, on pourra se peindre les ongles, on… (À ce moment-là, elle écarquille les yeux.) On pourra tout faire ensemble, comme tata Shay avec grand-mère ! Je peux avoir ça, papa ? Dis, je peux avoir ça ?

Silence de mort.

Là, je suis persuadée que nous sommes en train de vivre l'instant où, d'habitude, les gens meurent après avoir fait un truc horrible. Un instant où seul Dieu peut les rappeler avant de les envoyer en enfer. Ouais, ouais… au purgatoire, voilà où nous sommes tous, j'ai l'impression qu'il ne reste plus qu'un seul petit être vivant dans cette pièce.

– Allons, mon tournesol, dit alors Shane en brisant le silence, on parlera de ça une autre fois, Pour le moment, j'aimerais bien que tu ailles un peu regarder la télé pour laisser papa et Anya se lever.

Comme toujours dans ces cas-là, Shayna lève les mains en l'air avant de s'écrier :

– Whou hou ! je veux regarder le *Club Mickey* !

Puis elle disparaît dans le living en laissant la porte ouverte.

– Vraiment, désolée, ajoute une dernière fois Shay.

Elle nous quitte et referme la porte derrière elle.

Comme libérée, je laisse tout mon corps s'étaler sur le lit ; je cache mes yeux avec ma main et je lâche :

– Je crois que je préférerais être morte.

Shane, lui, se contente d'éclater de rire en m'embrassant sur l'épaule. Il se lève d'un bond et se dirige vers la salle de bains, sans doute pour ôter le préservatif qu'il porte encore. Quand il en ressort, il porte un pantalon de pyjama écossais ; m'en jette un autre sur le lit, avec un tee-shirt.

– Bébé, je comprends bien ce que tu me dis, mais il n'est pas question que tu meures tout de suite. Allez, lève-toi, je vais te préparer quelques pancakes.

– C'est sur la liste ! je réponds d'un ton neutre sans la moindre trace d'humour.

Je n'ai qu'une seule envie, c'est de disparaître sous terre. Comment vais-je pouvoir me dépatouiller avec cette situation ?

Tout de même… sa sœur et sa fille viennent de me surprendre au lit avec lui ! Sans compter que j'étais toute nue ! En plus, voilà que maintenant Shayna veut que je sois sa maman pour son anniversaire !

– On a bien dit pas à pas, Bella, tu t'en souviens ? Pour commencer, plus de liste bourrée de restriction.

J'écarte l'édredon, attrape le tee-shirt et l'enfile. Il me tombe à mi-cuisse.

– Moi, je rentre à la maison. Comme ça, tu pourras parler à ta fille… et lui expliquer ce qu'elle vient de voir.

J'enfile ensuite le pantalon de pyjama beaucoup trop grand pour moi. Shane, qui met un poing contre sa bouche, ne peut s'empêcher d'esquisser un petit sourire narquois.

– Ça n'est pas drôle ! je m'écrie en ramassant le pantalon et en faisant plein de tours à la taille pour pouvoir le garder en place.

– Si, ça m'amuse beaucoup ! il répond en enfilant un tee-shirt à son tour.

Je croise les bras et lui fais une grimace. Lui se rapproche et m'enlace dans ses grands bras musclés. À cet instant précis, je me sens à la fois aimée et en sécurité, exactement à l'opposé de ce que je ressens la plupart du temps.

– Ça va aller, bébé, je te le promets. Il n'y aura pas de problème.

– Shayna vient juste de nous surprendre ensemble au lit, et tu crois que ce n'est pas un problème, toi ? je murmure entre mes dents, contrariée, en le poussant du doigt.

– Et pourquoi ?

– Parce que tu ne peux pas comme ça ramener des femmes à la maison et lui laisser comprendre qu'elles couchent avec son père. Pour une enfant, c'est indécent et déroutant.

– Attends un peu. Je te signale que je n'ai jamais ramené de femme à la maison avant toi. Je n'ai jamais présenté une femme à ma fille comme une femme qui partage ma vie et, encore moins, comme ma chérie. Comprends-moi bien, Anya, tu n'es pas juste une femme, tu es « ma » femme. Tu viens de rentrer dans ma vie pour faire un long voyage et il est temps que Shayna s'en rende compte.

– Tu vas être ma maman, maintenant ? demande une petite voix sur le pas de la porte.

Absorbés dans notre conversation animée, nous n'avons pas vu que Shayna avait ouvert la porte et nous écoutait.

– Ma chérie, ton père et moi nous commençons juste à sortir ensemble et…

Peine perdue, je ne trouve plus mes mots.

– Humm… alors, c'est toi la chérie de papa ? Comme grand-mère pour papy et tata Shay pour oncle Rex ?

Ses yeux deviennent ronds comme des billes et le plus beau des sourires éclaire tout à coup son doux visage.

– Oh… mais alors, ça veut dire que, moi aussi, je peux avoir un petit frère ou une petite sœur ! Je veux un bébé ! Tu peux m'en donner un et être toujours ma maman ?

Sa demande, on ne peut plus directe, est un tel choc pour moi que je fais un pas en arrière et me retrouve assise sur le bord du lit. Cette fois, mon cœur bat trop fort, j'ai l'impression qu'il va exploser et je ressens le besoin de poser une main sur ma poitrine.

Shane prend sa fille dans les bras et lui parle en la regardant bien en face :

– Mon bébé, tu dois savoir que papa est amoureux d'Anya. Pour qu'elle devienne ta maman, nous avons besoin de nous marier. Tu sais, nous ne pouvons pas avoir de bébés si nous ne sommes pas mariés. Est-ce que tu comprends ça ?

– Alors, il faut vous marier, répond-elle en faisant oui de la tête.

– Ça ne saurait tarder, mon bébé. Pour l'instant, que dirais-tu si ton papa faisait des pancakes aux éclats de chocolat à ses deux filles préférées.

– Whou hou !

– Je te laisse quelques minutes pour réfléchir, me dit-il avec un superbe sourire.

– Ce n'est pas de minutes dont je vais avoir besoin, mais de l'éternité, je lui réponds, totalement effarée.

– Tant que nous restons ensemble, prends tout ton temps, Bella !

Je leur fais un signe de tête et reste là, pétrifiée, en attendant qu'ils quittent la pièce. J'entends la voix de Shayna qui s'éloigne en discutant gaiement dans le couloir.

Dans quel pétrin je me suis fourrée ?

Chapitre 8
Whip

Alors que je suis en train de remplir un pichet de bière pour les mecs qui regardent le match, mon téléphone sonne dans la poche arrière de mon jean. Deux semaines ont passé depuis qu'Anya et moi avons commencé à nous fréquenter. Deux semaines pendant lesquelles je n'ai pas cessé de lui dire que je l'aimais, deux semaines depuis qu'elle est devenue ma chérie. Les deux meilleures semaines de ma putain de vie. Et de loin !

J'attrape mon portable et je vois « ma chérie » s'inscrire sur mon écran.

– Tu as décidé de me faire bander ? je lui dis tout bas en décrochant.

– Mon doux… attends, qu'est-ce que tu dis ? elle répond, essoufflée comme si elle marchait.

– Désolé, bébé, mais, chaque fois que ton nom apparaît sur mon écran, je pense fort à toi. Pour l'instant, la seule chose qui me vient à l'esprit, c'est ce que tu as fait avec ta bouche hier soir et, surtout, je me demande quand je vais encore pouvoir goûter à ce morceau de paradis.

– Pour l'amour du ciel, Shane… (J'entends dans sa voix qu'elle est choquée.) Arrête de parler de ça, surtout maintenant.

– Bella, je parle à ma chérie comme j'en ai envie, spécialement quand je parle à la femme la plus belle que j'aie rencontrée, superbe au plumard et fabuleuse experte avec sa bouche. Dans les trois cas, je parle de toi. En plus, je sais que tu es un modèle essentiel pour ma fille. Bref, tu es putain de proche de la perfection ! Conclusion, quand je vois ton nom sur mon écran, je me mets à bander. Tu ne peux rien y faire, c'est comme ça, je lui dis d'une voix rauque en me dirigeant vers la réserve.

C'est comme ça, quand j'entends la voix de ma femme, je sens une furieuse envie de mettre ma main sur ma queue.

– Justement Shane, en parlant de ta petite Shayna, il se trouve qu'elle est juste à côté de moi.

– Quoi ? Pourquoi ? je réponds en me frottant le front.

Au seul nom de ma fille, je sens que ma queue ramollit.

– Chéri, on est jeudi, tu t'en souviens ? Et, comme tous les jeudis, c'est classe de danse. Mardi soir, nous sommes allées voir Holly à la librairie, et donc, ce soir, j'avais promis à Shayna une petite sortie entre filles. Elle s'est régalée d'une assiette de spaghettis, moi j'ai pris une salade et après, nous avons partagé une glace. Maintenant, on est en train de rentrer la maison ; je vais donc pouvoir lui faire prendre son bain et la coucher.

Mince alors ! Quand je dis que c'est le paradis depuis deux semaines, il faut avouer que beaucoup de choses ont changé pour que je puisse dire un truc pareil. L'une des plus importantes est de constater combien Anya aime la compagnie de Shayna. Surtout depuis que ma fille et moi avons eu une petite discussion où je lui ai demandé de garder pour elle cette histoire de « maman » pour l'instant afin d'éviter d'effrayer la chérie de son père. Depuis, elle s'est comportée en parfaite petite princesse. Je lui ai simplement dit que papa et Anya s'aimaient, qu'ils l'aimaient aussi et que le reste viendrait en son temps. Elle a paru ok avec ça, mais je vois bien qu'elle a accroché avec Anya d'une façon qui me plaît beaucoup. Le mieux, c'est encore de voir comment Anya se comporte avec ma petite fille de presque cinq ans qui veut tout le temps être avec elle et ne lui lâche pas les basques.

Les deux se sont beaucoup rapprochées et j'ai déjà entendu, des centaines de fois, murmurer autour de moi combien elles se ressemblaient. Chaque fois que Shayna entend ça, elle est aux anges tellement elle est fière. Je sais qu'elle a mal vécu le fait de ne pas avoir de maman, ce qui la rendait différente des autres filles de sa proche famille. Avec Anya, Shayna se sent comme tout le monde. Sans compter que, blondes, les yeux bleus, la peau douce comme une pêche, elles se ressemblent comme deux gouttes d'eau. Deux superbes fleurs qui se font remarquer partout où elles passent.

– Ah bon ? je suis sûr que mes deux beautés ont passé du bon temps ensemble.

– Oh que oui ! Mais je t'appelle surtout parce que nous avons un anniversaire à célébrer ce week-end ! m'annonce-t-elle en élevant la voix, toute joyeuse.

– Célébrer ? Mais son anniversaire n'est pas avant le mois prochain, bébé !

– Ce que les papas peuvent être agaçants quand ils s'y mettent, par moments, elle rouspète à mon oreille.

Elle parle dans son portable, mais je sais qu'elle s'adresse à ma fille.

– Ça, c'est vrai. Coucou papa ! crie Shayna de loin tandis que je hausse les épaules.

– Tu veux bien me passer mon bébé ?

Je regarde le long du bar et j'aperçois Lacey, une des filles du club, qui est serveuse ce soir. Elle tapote de la main sur l'acajou comme si elle s'ennuyait à mourir. Son top Pride sans manches et bien échancré autour du cou met parfaitement en valeur ses seins siliconés. Attaché par un nœud dans le dos, il laisse voir le tatouage d'une moto avec des flammes qui s'échappent à l'arrière. Le dessin est sympa. C'est Ink, un frère du club, qui l'a fait ; ses talents d'artiste ne sont plus à prouver. Ce qui me rappelle que mon Anya n'a pas la moindre trace d'encre imprimée sur la peau. Je me demande si elle va changer d'avis quand je vais me faire marquer au fer son nom, la semaine prochaine, pendant le cochon de lait organisé par Mags pour les frères. Cette année, l'événement sert aussi de fête d'avant Noël. Maintenant que les membres avec chéries et enfants sont plus nombreux, Mags pense la faire régulièrement pour que ça devienne une sorte de tradition. Je suis d'accord à cent pour cent, surtout si mon enfant et ma femme y participent.

Depuis que je suis avec Anya, je dois dire que j'ai un peu négligé les fêtes du club. Pas du tout pour éviter la tentation de me faire une chatte qui pourrait passer par là, c'est juste que, maintenant, je préfère passer du temps avec ma chérie et ma fille.

Quand Lacey se rend compte que je la regarde, elle écrase ses seins sur le bar pour me montrer un meilleur angle de ses avantages avant de me faire un petit signe.

Putain de bordel, cette femme n'abandonnera jamais.

– Papa, hurle ma fille qui vient de prendre le portable, tu ne devineras jamais ce que j'ai fait aujourd'hui !

Je lève un doigt qui veut dire « attends une minute » en direction de Lacey. La salope n'arrête pas de me provoquer en roulant des yeux.

– Quoi, ma chérie ?

– J'ai appris à faire un *big jetty* en classe ce soir !

– Un *big jetty* ? Mon petit tournesol, papa ne sait pas ce que ça veut dire.

J'éclate de rire en m'approchant de cette connasse de Lacey. Putain, quelle connerie de l'avoir baisée à plusieurs reprises ! Chaque fois que je la croise, ici ou au club, ça me rappelle que j'ai mis ma queue là-dedans, et ça me fout les boules. Elle est devenue insupportable. Maintenant qu'elle a vu Anya, sur son tabouret attitré, passer du temps avec moi au bar pendant que Shay ou mes parents s'occupent de Shayna, elle est beaucoup plus difficile à gérer.

J'entends la douce voix d'Anya dans le fond, ce qui a comme résultat immédiat de calmer l'énervement de voir Lacey si proche.

– Ma chérie, on dit « un grand jeté », c'est du français !

– C'est un *french jetty* ! s'époumone ma fille, tout excitée au téléphone. J'ai fait un *french jetty*, papa !

Je me contente de hausser les épaules et d'attraper la commande que Lacey a sur son plateau. J'éloigne le portable de ma bouche, en lui disant sèchement :

– Va prendre d'autres commandes, tes verres seront prêts quand tu reviendras.

Lacey se penche encore plus sur le bar en écrasant ses seins sur le bois, comme si elle me les servait sur son plateau.

– Tu ne trouves pas que ce serait plus rigolo si je restais comme ça, à regarder ton joli petit cul, pendant que tu les prépares ? Hein,

Whip ? Ou, si tu veux, on pourrait juste faire un petit tour dans la réserve tous les deux.

Je serre les dents en essayant de contenir la colère que je sens monter en moi. Lacey sait parfaitement que j'ai demandé Anya dans les règles. Elle sait aussi que je vais rendre ça officiel en faisant marquer son nom sur ma peau à la fête de la semaine prochaine. Elle fait tout ce cirque, parce que c'est une salope, c'est tout.

– Qui est cette femme ? demande Anya sur un ton sec qui a perdu l'insouciance de tout à l'heure.

– Personne, bébé, je réponds en regardant Lacey qui n'a pas l'air contente. C'est juste une fille du club qui vient de passer une frontière qu'elle n'aurait jamais dû franchir, sachant que j'ai réclamé « ma chérie ».

Je hausse assez clairement le ton sur ces deux derniers mots pour faire reculer Lacey. Elle s'éloigne en ricanant.

– Je vais juste prendre de nouvelles commandes, elle ajoute, l'air supérieur.

– C'est ça. Dépêche-toi avant que je te foute une raclée ! je chuchote entre mes dents, prêt à lui sauter dessus.

– On parlera de ça plus tard, je suis désolée de te déranger dans ton travail…

La voix d'Anya n'a pas du tout son ton habituel. Je me sens nul de ne pouvoir être près d'elle pour la réconforter.

– Voyons, Bella, tu ne me déranges jamais. Tu peux m'appeler autant que tu voudras entendre ma voix, parce que j'adore entendre la tienne. J'adore le fait que tu sois sortie avec mon bébé, ça me rend tout joyeux, Anya. De toute façon, tout ce que tu fais me rend heureux.

– Je t'aime, Shane, elle murmure doucement à mon oreille. Tu as toujours le mot qu'il faut.

– Ça fait aussi partie de mon job, que j'adore, comme tu sais. Il va aussi falloir que tu m'expliques ce truc de « grand jeté », parce que je n'ai aucune putain d'idée de ce dont ma fille parlait.

L'éclat de rire d'Anya vient recouvrir le brouhaha du bar et me remplit d'une plénitude dont j'avais besoin après ma dispute avec Lacey.

– On appelle un « grand jeté » quand une ballerine saute sur un pied en écartant les jambes en l'air avant de retomber sur l'autre pied.

– Putain, ça ne me semble pas facile du tout ! Et mon bébé a réussi à faire ça ?

– Oui. Bon, elle a fait un tout petit saut, mais c'est déjà formidable pour son âge. Tu vois, mon appel c'était juste pour te dire qu'il faut qu'on célèbre l'événement.

Après avoir entendu le traditionnel « whou hou ! » dans le fond, j'ajoute :

– Je suis d'accord. Ma fille accomplit des exploits, on doit les récompenser.

– C'est exactement ce que je pense. Très bien, mon chéri, on est presque arrivées. À tout à l'heure.

– Ouais, bébé, tout à l'heure, c'est déjà trop loin.

– Réveille-moi quand tu rentres, murmure-t-elle d'une voix sensuelle.

– Avec ma bouche ou avec ma queue, Bella ?

Je pousse un long soupir de satisfaction alors que la vision de la réveiller avec ma bouche entre ses jolies petites cuisses vient danser dans ma tête.

– Fais-moi la surprise, ajoute-t-elle sur un ton moqueur.

– Alors, ne porte pas de culotte, je grogne dans le portable.

Un ordre à peine déguisé et plein de désirs.

Je l'entends qui pousse un petit cri. Puis elle attend un moment avant de me répondre quelques mots qui me montent droit au cerveau.

– Je n'ai pas l'intention de porter quoi que ce soit.

***

Plus tard ce soir-là, ma mère et mon père font leur apparition dans le bar, lui le bras sur son épaule, comme toujours. Il l'embrasse sur la tempe et lui chuchote quelque chose à l'oreille qui la fait hurler de rire. Une fois arrivés au bout du bar, mon père tire le tabouret de Mags qui s'assoit. Il attrape sa crinière sauvage, lui prend tout de suite la bouche d'un geste ferme ; au vu et au su de tous, il lui donne un baiser torride qui dure une bonne minute.

C'est toujours comme ça avec mes parents : de l'amour, du culot, des chamailleries qui nous font tous bien rire et, surtout, du bonheur ! Dès qu'on les rencontre, on sait qu'ils sont faits l'un pour l'autre. C'est exactement le genre de bonheur que j'ai toujours recherché... Avec Anya, je crois que je l'ai enfin trouvé.

– Que puis-je servir aux deux inséparables ? je leur demande en posant deux dessous de verre devant eux.

– Comme d'hab, répond mon père.

Sans attendre, j'attrape une bière que je décapsule.

– Ce soir, pour moi, ce sera des shots de tequila, mets-m'en plusieurs, patron ! m'annonce Mags en me pointant du doigt, le sourcil relevé.

Mon père opine du chef en me regardant avec un petit sourire entendu :

– Merde alors ! J'ai comme l'impression que ça va chauffer ce soir !

– Y'a intérêt ! ajoute Mags en tapant sur le bar. Tu ferais mieux de t'en descendre quelques-uns, parce que j'ai prévu une bonne et longue « chevauchée » ce soir.

Je ne peux m'empêcher d'éclater de rire avant d'attraper la bouteille du patron pour ma mère ; je la dépose devant eux et, tout de suite, mon père lui sert un premier shot. S'il est là, c'est toujours lui qui la sert, c'est toujours lui qui commande pour elle. C'est un peu vieux jeu, mais je crois que ça plaît beaucoup à ma mère de voir que, où qu'ils soient, il se rappelle ce qu'elle aime. Le fait qu'il prête attention à ce que sa femme aime ou n'aime pas ne date pas d'hier, ce qui prouve combien il reste attentif. Comme on dit : femme heureuse, vie heureuse... Ma mère en est le parfait exemple.

– Je vais aussi te demander du citron vert ce soir, mon fils ! me lance-t-elle.

Sitôt dit, sitôt fait. J'en attrape un, le coupe en tranches et j'en mets la moitié sur une assiette que je dépose devant elle. Pour mon père, je fais un ravier propre des amandes qu'on a l'habitude de servir au bar.

– Dis-moi, mon fils, comment ça se passe avec ta chérie ? On est toujours d'accord pour samedi ? On va bien te marquer son nom ?

– Putain, ouais, je réponds en me penchant vers lui, tout sourires. J'ai hâte d'avoir le nom de ma femme inscrit sur ma peau.

– As-tu dit à Anya ce qui va se passer ? me demande Mags en rigolant.

– Ouais, bien sûr. Je lui ai dit qu'on allait à son premier cochon de lait du club qui était aussi cette année la fête d'avant Noël.

– Là, mon fils, tu cherches les embrouilles, ajoute Riot en sifflant.

Mags fait une drôle de tête.

– Tu ne lui as pas dit que, quand un membre du Pride demande sa chérie, on marque officiellement son nom sur sa poitrine ?

– J'ai laissé les détails de côté. J'ai pensé qu'il était plus facile de demander pardon que de demander la permission !

– Ouh là là, on n'est pas dans la merde ! s'exclame Riot avant de descendre une bonne gorgée de bière.

– Parfois, je me demande si cet enfant a toute sa tête, ajoute Mags en soupirant.

– Tu ne t'en aperçois que maintenant ? je dis en souriant pour répondre à sa provocation.

– Shot ! elle annonce sans autre commentaire…

Et mon père se précipite pour lui en servir un autre.

Elle l'avale d'un seul coup en balançant sa tête en arrière, le laisse dans sa bouche quelques secondes et l'avale en finissant par presser une tranche de citron vert contre ses lèvres.

– Tu te souviens de la crise que Shay a piquée quand on l'a fait à Rex ? Et encore… Shay avait vu une marque similaire sur son père toute sa vie. Whip, je me demande si tu es prêt à affronter ta femme quand elle va partir en vrille ?

– En vrille ? Mais qui es-tu, qu'est-il arrivé à ma mère ? Je vois pourtant le gilet de rigueur, le débardeur de bikeuse, le jean serré, les bottes qui déchirent, pourquoi je ne reconnais plus la Mags que j'ai toujours connue ?

Elle essaie de remettre en place ses cheveux qui partent dans tous les sens, on dirait ma sœur. Les femmes de ma famille sont toutes des splendeurs, ce qui n'a pas été toujours facile pour moi quand j'étais ado. Tous mes copains voulaient soit rentrer dans la culotte de ma sœur, soit regardaient ma mère comme une MILF[4].

---

4. *Mother I'd Like to Fuck* : « mère que j'aimerais baiser ». (MBAB : « mère bonne à baiser ».)

Un enfer. J'ai dû me battre avec tellement de connards qui parlaient mal de ma mère et de ma sœur !

– Moi je te le dis, elle va péter les plombs.

– Eh bien, je m'en occuperai à ce moment-là ! Le plus important, c'est que Shayna n'assiste pas à la cérémonie. Ce serait donc bien que tu demandes à une fille du club de venir jouer avec elle dans sa chambre quand ça va se passer.

– Pas de problème.

Mon portable sonne à nouveau. Cette fois, surprise, c'est Rex.

– Frère…

Je commence par plaisanter sur ma sœur avant qu'il ait pu en placer une quand, tout à coup, il me hurle dessus en m'interrompant brutalement.

– Reviens vite à la maison, et tout de suite, tu m'entends ! Ta sœur est en train de se battre sévère avec une espèce de pouf blondasse qui a visiblement abordé Anya et Shayna. Pour le moment, Anya reste avec les jumeaux et Shayna, mais elle est dans tous ses états !

– Merde ! je hurle en raccrochant.

Il n'y a qu'une fille que je connais répondant à ce signalement, qui peut me rechercher et contre laquelle Shay est susceptible de se mettre en pétard.

– Papa, j'ai besoin que tu prennes les commandes du bar. Je crois que Jess vient juste de nous faire une petite visite surprise. Il faut que j'aille voir ce qui se passe avec Anya et Shayna. Rex m'a dit que Shay et elle étaient en train de se cogner fort !

– Putain de bordel ! jure Riot.

– Fous-lui en plein la gueule à cette salope ! Vas-y, Shay-la-la !

Mags aussi est dans tous ses états.

Mon père m'accompagne jusqu'au parking, son portable collé à l'oreille.

– Jay est en route pour s'occuper du bar, dès qu'il arrive, je vous rejoins chez toi.

J'acquiesce d'un mouvement de tête, fais vrombir mon moteur et mets le cap sur mon appart en souhaitant vraiment que ma sœur n'ait pas déjà tué Jess ! Je me réserve le droit de le faire moi-même.

CHAPITRE 9

Anya

Une demi-heure plus tôt

– Après ton bain, ma chérie. Je te lirai le livre que tu veux.

– Deux livres ! elle s'exclame, souriante, en me montrant deux doigts collants, pleins de chocolat.

Sa bouche aussi n'est qu'un grand « O » en chocolat.

Je rayonne de bonheur en regardant cette enfant que j'aime comme si elle était la chair de ma chair. À travers le lien que Shayna et moi avons tissé grâce à la danse, à cette complicité de filles et à ce grand amour que nous avons toutes les deux pour Shane, j'ai fini par lui faire une place bien à elle dans mon cœur. Je veux vraiment un jour devenir la mère de cette petite fille et, à en croire Shane, c'est déjà fait.

Je prends les choses lentement, à mon rythme, mais Shane, lui, aime tout faire à la vitesse de l'éclair. Il veut déjà que j'emménage dans son appart. Ce que j'ai fermement refusé, je pense que c'est encore trop tôt. Et pourtant… toutes les nuits, il me demande de rester chez lui et, surtout, dans son lit.

Shayna, quant à elle, voit également d'un bon œil mon invasion dans leur petit duo, ce qui ne fait que conforter les demandes de son père pour me voir m'installer avec eux le plus tôt possible.

Pour calmer le jeu, j'ai promis de considérer sérieusement la chose quand il aura trouvé la maison dont il rêve pour vivre avec sa fille.

– Très bien, ma chérie. Deux si tu veux, mais après le bain, Mademoiselle doigts collants !

Je lui prends les mains et m'amuse à embrasser, un par un, ses doigts dont l'odeur de chocolat m'envahit le nez.

Elle glousse tout ce qu'elle peut avec cet esprit libre dans lequel son père l'a élevée. Ma mère, au contraire, m'a fait passer du jardin d'enfants à plusieurs heures de classe de danse par jour. Il y avait aussi les devoirs du soir, avant les repas frugaux, composés de sa liste de produits « autorisés » qui, pour la plupart, n'avaient aucun goût. Après, au lit ! Pas d'histoires avant de s'endormir. Pas de berceuses. Après deux semaines passées dans l'intimité de Shane et Shayna, sans oublier la compagnie quasi permanente de Shay, de Rex et des jumeaux, Swayze et Trace, je réalise combien j'ai grandi dans une ambiance sans la moindre joie.

Je regrette tellement de n'avoir jamais pu me blottir dans les bras de ma mère, je regrette tellement de ne jamais l'avoir entendue me dire qu'elle m'aimait, comme Shay le fait chaque fois qu'elle est en présence de ses jumeaux ou de sa nièce ! L'amour et la fierté sont les deux sentiments que tous les membres du Hero's Pride Club mettent en avant. Ils sont tous membres d'une même famille. Ce qu'ils prouvent en se supportant les uns les autres et en prenant soin de tout ce qui fait partie de leur vie quotidienne.

En m'attrapant par la main tout en balançant mon bras, Shayna m'entraîne en direction du porche de l'immeuble. En nous approchant, je devine, assise sur les marches, une femme avec des cheveux minables, filasses et d'un blond sale. Sur son visage, on ne voit que ses pommettes saillantes, ses lèvres sont tuméfiées et de gros cernes noirs assombrissent ses yeux bleus. Elle est juste à quelques mètres de nous avec seulement la peau sur les os, comme quelqu'un qui a été maigre toute sa vie.

Si elle se levait, son jean tomberait sûrement par terre, tant il est lâche. Ses côtes ressortent partout sur son abdomen avant de disparaître sous une petite poitrine à peine visible.

– Mon bébé ! Je reconnaîtrais mon bébé n'importe où ! s'écrie-t-elle soudain.

Tout de suite, Shayna m'attrape les jambes pour se cacher derrière.

– C'est qui ça, Anya ?

– Pour le moment, je ne sais pas, ma chérie, mais je vais le savoir.

– Pourquoi tu te caches ? crie la femme. Je suis ta maman ; Whip ne t'a pas montré des photos de moi ? Je suis ta maman. Viens ici, bébé. Viens voir maman.

– J'ai peur, Anya. Je ne l'aime pas ! me dit Shanya en éclatant en sanglots.

Je me penche vers elle et la prends dans mes bras en la tenant serrée contre moi. Je sens son petit corps qui tremble tellement elle est effrayée. Plus la colère monte en moi, plus je la serre fort.

– Allez-vous en ! je crie à mon tour. Je ne vous connais pas, mon enfant non plus, et vous lui faites peur !

– Quoi ? Ton enfant ?

Son visage passe par toutes les couleurs, elle en devient presque laide. Elle attrape ses cheveux filasses et finit par hurler :

– Ton enfant ! Non, c'est « MON » enfant ! C'est moi qui lui ai donné la vie. Je suis sa mère ! Où est Whip ? WHIP ? (Elle cherche sa respiration.) WHIP ! Ramène ton cul par ici ! WHIIIIIP !

Shayna se blottit contre moi et je la serre plus fort dans mes bras en commençant à m'éloigner de cette cinglée. Essayant de trouver un moyen de m'échapper, je regarde dans toutes les directions, mais, heureusement, je suis sauvée par un géant, en l'occurrence Rex, bien énervé, qui sort de son appart. L'air mauvais et pieds nus, il porte simplement un pantalon de treillis et un débardeur noir qui lui colle à la peau. Il se rue sur les marches, ses cheveux aux reflets bruns et dorés descendent en boucles de chaque côté de son visage, jusque sur ses épaules.

– Tu vas la fermer, salope ! Tu as réussi à réveiller mes jumeaux !

On dirait qu'il aboie contre la femme visiblement dérangée. Elle me montre du doigt alors que je suis tétanisée sur place en continuant de bercer Shayna dans mes bras.

– Elle a mon enfant ! C'est ma fille !

Shayna m'agrippe si fort le cou que je suis sûre de garder la trace de ses ongles sur ma peau, mais ça m'est bien égal. Je donnerais des coups de pied, me battrais et hurlerais autant que je peux jusqu'à ce que cette femme laisse mon enfant tranquille.

– Rex, cette femme n'arrête pas d'ennuyer Shayna. Regarde, elle est en larmes et toute tremblante.

Il arrive jusqu'à nous en frappant lourdement ses pieds nus sur le sol et pose ses grosses mains sur le dos de mon bébé.

– Ma petite citrouille… ne t'inquiète pas ! Oncle Rex est là. Je te tiens.

Sa voix visiblement la calme assez pour qu'elle relève son visage rempli de larmes, mais elle n'essaie pas d'aller dans ses bras.

– La méchante femme me fait peur. Elle dit qu'elle est ma maman. Non, c'est Anya ma maman ! Ne la laisse pas me prendre !

De nouvelles larmes se mettent encore à couler sur ses joues quand, tout à coup, un bruit assourdissant de pas arrive de nulle part ; on dirait que la terre tremble sous nos pieds. En regardant par-dessus l'épaule de Rex, j'aperçois Shay qui descend quatre à quatre les escaliers de leur porche. Elle se précipite sur la femme. Les deux se jettent par terre et roulent jusqu'à ce que Shay se retrouve à cheval sur la cinglée squelettique. Elle lui beugle en pleine figure :

– Pu-tain ! Comment oses-tu revenir ici après avoir abandonné ma nièce depuis cinq ans ! Va te faire foutre !

Elle frappe ensuite la femme éberluée au visage. Le sang gicle de son nez, elle commence à gémir.

– Tu as laissé ma nièce dans les bras de mes parents, sans même lui avoir donné de prénom, alors que mon frère servait dans l'armée !

Elle frappe à nouveau la femme qui essaie vaguement de se défendre en répondant aux coups plus ciblés de Shay.

– Je devrais te tuer pour ce que tu lui as fait, espèce de conasse !

Elle attrape la femme par les cheveux qu'elle tire si fort qu'un gros paquet lui reste dans la main. La femme pousse un cri en essayant de se protéger.

– Merde ! Rentre à la maison avec Shayna et surveille les jumeaux, je vais m'occuper de ce bordel, m'ordonne Rex.

Avec mon précieux paquet dans les bras, je cours jusqu'aux escaliers de chez eux. Tenant Shayna toujours contre moi, je trouve la chambre des bébés et jette un œil à l'intérieur. Ils sont là, ensemble dans le même petit lit d'enfant alors qu'il y a deux lits dans la pièce. En apercevant la femme qui, je suppose, est l'ex de Shane et la mère biologique de Shayna, Shay aura mis ses jumeaux ensemble pour qu'ils restent tranquilles.

Je me laisse tomber dans le rocking-chair en caressant les cheveux de Shayna. Pour essayer de calmer ses larmes, tout en me balançant, je chantonne le premier air qui me vient à l'esprit. Le début de l'*Ouverture solennelle 1812* de Tchaïkovski, une de mes mélodies préférées, une musique sur laquelle j'ai dansé à l'American Ballet Theater avant ma blessure.

Alors que je fredonne et calme Shayna, les jumeaux se pelotonnent l'un contre l'autre, allongés front contre front ; leurs petits yeux s'entrouvrent à peine et se referment tout de suite.

Après un moment qui me semble être une éternité, une demi-heure, peut-être une heure, Shayna dort contre ma poitrine et les jumeaux sont dans les bras de Morphée. La porte de la nursery s'ouvre doucement quand apparaît la seule personne au monde que j'ai envie de voir : Shane.

En voyant son air sévère et hagard, mon cœur se brise en deux. Ses cheveux sont ébouriffés, ce qui prouve qu'il a dû y passer sa main une bonne centaine de fois depuis qu'il est arrivé. Je l'observe quand il vient s'agenouiller devant moi. Tout de suite, il pose délicatement une main sur le dos de sa fille et, de l'autre, il écarte une mèche de son visage endormi pour voir comment elle se porte.

– Je suis désolé que tu aies eu à faire face à tout ça, me murmure-t-il.

Le ton de sa voix est tellement rempli de chagrin et d'une profonde tristesse que je n'ai qu'une seule envie, le prendre dans mes bras et l'embrasser.

Au lieu de ça, je reste tranquille et profite de sa présence qui, petit à petit, remet le monde à l'endroit. Je me contente d'écouter le timbre grave et rassurant de sa voix.

– Je suis tellement désolé de ne pas avoir été là pour vous deux.

Alors que j'ai toujours sa fille contre moi, il vient poser sa main sur la mienne ; je tends alors le bras et lui caresse la joue.

– Nous allons bien. Nous allons mieux, maintenant que tu es là.

Avec délicatesse, il se penche assez vers moi pour déposer un petit baiser sur mes lèvres.

– Tu sais, Shayna et toi, vous êtes TOUT pour moi.

Sa voix se brise sur le mot « tout », comme s'il venait d'ouvrir son âme.

– Je sais.

– Ne garde pas ce qui vient d'arriver dans ta petite tête. Je ne le supporterais pas, Anya.

– D'accord.

– Promets-moi que nous en reparlerons, il me susurre d'une voix hachée.

– Je te le promets.

En fait, je suis au bout du rouleau. La seule chose dont j'ai maintenant envie, c'est de prendre notre fille, de lui faire prendre un bon bain et de la mettre au lit pour ensuite pouvoir m'écrouler dans les bras de mon homme et dormir sans me réveiller pendant une semaine.

– Rentrons à la maison !

– Oui, à la maison, je répète, en hochant la tête en signe de gratitude.

Il me prend Shayna des bras. Sa respiration tremblote, mais elle trouve vite sa position contre lui, parfaitement à l'aise dans la protection et l'amour de son père. Je passe devant les jumeaux et caresse leurs parfaites petites têtes ; après avoir embrassé mes doigts, je les pose sur leur front, ils bougent à peine.

On sort par la cuisine où Rex est en train de nettoyer le visage de Shay. Sur sa joue, quatre traînées de sang que son homme a beau essuyer, mais qui n'arrêtent pas de couler.

– Mon Dieu ! Shay ! je m'exclame, portant la main à ma bouche, terrifiée.

Elle me répond en me faisant un petit signe :

– Ne t'inquiète pas… tu devrais plutôt aller voir dans quel état est l'autre garce !

Puis elle pousse un grand « aïe ! » en faisant la grimace à son mari occupé à soigner un endroit particulièrement douloureux.

– Tu ne devrais pas te battre avec des junkies devant la maison, chaton, lui dit-il.

On sent un léger reproche dans sa voix.

– Peut-être, mais ce genre de salope ne devrait pas se mêler des affaires de mon frère, et encore moins effrayer sa famille.

Rex essaie en vain de retenir un sourire :

– Putain, elle n'a pas tort ! Mais tu t'es super-bien défendue, bébé.

– Heureusement ! J'ai réussi à la faire fuir, dégoulinante de sang et pleurant comme une minable.

– Elle s'est enfuie ? je demande en me reprenant, même si je suis morte de fatigue.

– Ceux du club auront vite fait de la rattraper, Anya, me répond Rex. Inutile de t'inquiéter dans ta jolie petite tête.

– Mais c'est elle qui m'a abordée, je proteste. Elle hurlait tout ce qu'elle savait, elle a terrorisé ma fille ! Cette femme est une menace pour la société, un danger pour quiconque va croiser son chemin ! As-tu au moins appelé la police ?

Shane relève légèrement Shayna contre sa poitrine et m'attrape le bras :

– Bella, laisse tomber. Le Pride va s'en occuper. Elle n'ira pas bien loin avec un nez pété et un corps amoché. Allons mettre la petite au lit, comme ça, je vais pouvoir prendre la grande dans mes bras avant de la mettre elle aussi au lit.

Totalement offusquée, je tape du pied, ne me rendant même pas compte que je suis en train de péter les plombs :

– Je veux voir cette femme en prison ! je hurle sur un ton que je n'ai jamais eu de toute ma vie.

J'en suis moi-même effrayée. Shane et Rex s'échangent un clin d'œil avant de me rassurer :

– On va faire en sorte que cela soit fait.

– Je ne veux plus jamais la voir rôder autour de ma fille, c'est compris ! je m'exclame en les pointant du doigt. Vous deux, vous avez intérêt à ce que ça n'arrive plus.

– Le rôle de mère en furie ne te va pas si mal, petite sœur ! ajoute Shay, l'air amusée.

C'est seulement à ce moment-là que je réalise ce que je viens de dire. Toute la soirée, j'ai parlé de Shayna en l'appelant « ma fille » et j'ai réagi comme si j'étais déjà sa mère. Soudain, je me sens très mal :

– Je crois que j'ai besoin d'un verre de vin, d'une douche et d'une bonne nuit de sommeil.

Et j'ai aussi besoin de repenser calmement à tout ce qui vient de se passer ce soir. Embarrassée, je me tais, fronce les sourcils et croise les bras pour me donner une contenance.

– Merci d'avoir pris soin des jumeaux, me dit Shay.

– Pas de problème, ils font partie de la famille, je réponds spontanément, sans penser aux mots qui me viennent à la bouche.

– Et ça continue !

Un petit sourire entendu lui éclaire le visage.

– J'ai l'impression que mon chaton a une nouvelle meilleure amie, murmure Rex.

– On dirait… ajoute Shay en le regardant.

Je lâche un grand soupir. Shane m'accompagne vers son appartement :

– Allez, Bella, rentrons à la maison, il est temps que je m'occupe de toi.

– Mais je peux me débrouiller toute seule ! je lâche un peu sèchement, encore sous le coup de l'émotion.

– Bien sûr que tu peux. Il n'empêche… j'ai envie de m'occuper de ma femme qui a eu une putain de soirée compliquée, à protéger notre fille, notre nièce et notre neveu d'une véritable furie.

N'ayant pas quitté Shane d'une semelle, je le regarde poser Shayna tout habillée sur son lit. Je passe ensuite dans la salle de bains et j'attrape une serviette tiède pour essuyer les traces de larmes restées sur ses joues, sa bouche encore pleine de chocolat et ses mains toutes collantes. Elle pousse un petit soupir et ouvre les yeux un bref instant. Son visage s'éclaire d'un beau sourire quand elle me reconnaît, puis elle fait un gros câlin à sa peluche préférée avant de bredouiller :

– Je t'aime, ma maman. Merci de m'avoir protégée de la méchante dame.

Elle referme ensuite ses petits yeux rassurés.

Je sens une boule gonfler dans ma gorge et j'éprouve le besoin de prendre une bonne bouffée d'air. Shane toussote sur le pas de la porte. Je me penche vers Shayna et lui dépose un baiser sur le front :

– Dors bien, ma petite chérie. Fais de beaux rêves.

En passant devant Shane, il m'enlace les doigts et m'accompagne à travers le couloir jusqu'à notre chambre. Je veux dire, sa chambre. *Sa chambre*, je me répète intérieurement.

– Tu n'as pas de problème avec ça ?

– Avec quoi ? je demande, fatiguée.

Surprise ! Il me tend un grand verre de vin rouge

– Avec le fait qu'elle t'appelle maman. Il faut dire que, ce soir, en t'occupant d'elle et des enfants de ma sœur pour qu'elle puisse régler son compte à cette garce de Jess, tu t'es comportée comme une parfaite maman ours. Tu as réussi à l'éloigner d'une femme qui avait perdu la tête et n'était plus contrôlable. Qui sait ce dont elle aurait été capable si ce n'était pas toi qui étais restée avec Shayna a ce soir ? Rex m'a dit que tu ne voulais même pas la lâcher quand il s'est approché de vous.

– Que veux-tu, elle était totalement effrayée ! Crois-moi, je ferais n'importe quoi pour la protéger.

Il me fait un grand sourire en acquiesçant :

– Ouais... je vois, comme font toutes les mamans.

Je pousse un grand soupir en entrant dans la chambre et ne peux m'empêcher de penser tout haut :

– Pourquoi cette femme est-elle ici ? Pourquoi, alors que maintenant Shayna va si bien ? Depuis quand avons-nous, toi et moi, une véritable histoire ?

Shane enlève sa chemise et la jette en direction du placard. Elle tombe juste devant la porte d'entrée. Ça m'est tellement égal que je n'éprouve pas le besoin de la ramasser et de la mettre sur un cintre à sa place.

– D'après ce que je sais, elle a besoin de quelque chose ; à moi de trouver quoi.

En entendant ça, je serre les dents un bon coup et me jette sur le lit où je m'installe assise, les jambes croisées. Pendant que je regarde Shane enlever ses bottes, ses chaussettes et laisser tomber son jean par terre, je sirote tranquillement mon vin. Il tire sur les couvertures et tend la main en me réclamant le verre, puis il en boit une belle gorgée avant de me le rendre.

– Shane, j'ai besoin de savoir qu'elles vont être les conséquences pour nous.

Il me regarde, l'air étonné, et penche légèrement la tête avant de me répondre :

– Que veux-tu dire par là ?

– Nous. Toi et moi. Si la mère de Shayna revient dans le paysage, où va-t-on ?

Après avoir sifflé un bon coup, il répond :

– Nulle part, on reste ici. Jess n'a jamais vu sa fille depuis qu'elle est née. Deux ans après sa disparition, ses droits parentaux lui ont été retirés sur constat d'abandon. C'est simple, elle n'a plus aucun droit d'aucune sorte sur Shayna.

– Et toi ? Comment vis-tu le fait qu'elle soit revenue par ici ? je lui demande en tenant mon verre à deux mains tout en me mordant les lèvres.

– Anya, comprends-moi bien. Je t'adore. Je suis amoureux de toi. Je n'en ai jamais rien eu à foutre de Jess. Encore moins quand elle a abandonné l'enfant que nous avions fait ensemble. Je te l'ai déjà dit, le bébé n'avait que quelques jours quand elle l'a laissée dans les bras de mes parents, sans même lui avoir donné un nom, sans même avoir laissé un certificat de naissance ! Comme cette connasse n'a pas accouché à l'hôpital, on a dû faire des pieds et des mains pour l'enregistrer à l'état civil et lui obtenir un numéro de Sécurité sociale. On a eu beaucoup de chance de la récupérer vivante, sans aucune séquelle due au *crystal meth*[5], à la coke ou à je ne sais trop quoi que cette traînée prenait à l'époque.

– Tu n'as pas le droit de la haïr comme tu le fais. Elle reste la mère de ton seul et unique enfant !

– Faux ! Ma petite peut se référer à trois figures maternelles : Mags, Shay et, maintenant, toi. Surtout pas Jess ! Les trois que je viens de te citer sont les seules et uniques modèles féminins de sa vie. Et, crois-moi, je suis putain de content qu'elles soient de bons modèles qui vont lui apprendre à devenir une femme bien, une femme honnête. Avec un peu de chance, je vais pouvoir garder la dernière, faire d'elle ma femme et donner à Shayna une mère pour le restant de ses jours. Une maman pour l'éduquer comme

5 Métamphétamine en cristaux.

il se doit. Par-dessus tout, c'est ça que je veux pour mon bébé. Il n'y a aucune place pour Jess dans ce tableau.

– Imagine qu'elle arrête de se droguer.

– Je ne peux pas me contenter d'hypothèses, Bella. On n'a aucune idée de ce qui se passe dans sa vie. La façon dont elle a réapparu en se conduisant comme une dingue, en effrayant ma fille comme elle l'a fait, qui plus est, n'est pas un constat très encourageant de son état mental. Pas question que ma fille fréquente quelqu'un qui se comporte de cette façon. Shay est de mon avis. Sans compter qu'elle a cinq ans de colère accumulée à faire exploser.

– Shay l'a déjà bien fait chier !

– Quoi ? Ma femme vient de prononcer le mot « chier » ? À noter sur un carnet !

Je lui donne un grand coup affectueux sur la poitrine. Il prend alors ma main, attrape le verre et le pose sur la table de nuit. Il m'enlace en me prenant par la taille et me fait glisser sur le lit en me mettant sur le ventre. Enfin, il vient s'installer à califourchon sur moi.

– Si je ne me trompe pas, ma chérie s'est bien occupée de notre enfant aujourd'hui. Elle l'a même protégée contre une garce diabolique.

– Tu le sais, Shane, je donnerais ma vie contre la sienne. Je ne veux que son bien toujours et partout.

Je sens qu'il est heureux. Il se penche tout contre moi et vient m'embrasser en me chuchotant :

– Je sais. C'est pour ça que tu vas devenir une mère formidable, une femme d'enfer et la meilleure des chéries.

Je laisse échapper un long soupir dans lequel il vient tendrement m'embrasser. Il me provoque en me donnant des petits coups de langue et me réchauffe en laissant peu à peu passer son haleine à travers la douceur de ses baisers. Il enlève délicatement mon chandail et réalise que je porte un justaucorps.

– Merde alors ! Non ! il ronchonne en découvrant ma tenue.

Cette fois, je ne peux m'empêcher d'éclater de rire de bon cœur.

Ladite tenue de danse ne va pas le contrarier très longtemps. Dès qu'il a enlevé mon jean, il s'enfile tout de suite une capote, écarte mes jambes en dessous de lui, attrape avec ses doigts le petit bout de tissu qui se trouve entre mes cuisses, l'écarte délicatement et glisse à l'intérieur de mon corps, comme s'il rentrait chez lui.

Dès le premier coup, je me cambre sous l'effet de sa douce pénétration. Tout à coup, le monde entier se remet en place. Alors que Shane me fait l'amour avec une infinie précaution, sa bouche collée à la mienne, nos mains liées les unes aux autres, il murmure une tendre litanie de promesses :

– Je promets de tout garder sous contrôle.

– Je promets que je ne laisserai rien ni personne s'immiscer entre nous.

– Je promets que je ferai tout ce qui est en mon pouvoir pour garder notre famille unie et hors de danger.

– Je promets que nous nous aimerons envers et contre tous.

Tandis que je hurle sous l'effet d'un orgasme lent qui, peu à peu, me fait trembler de la tête aux pieds, il m'accompagne jusqu'à l'extrême limite, en voulant me prouver combien nous avons la force de survivre à la plus petite comme à la plus grande des adversités. Aucune épreuve que nous ne pourrons vaincre. Rien ne pourra venir mettre en danger notre bonheur.

Tant que nous resterons ensemble.

Chapitre 10
Whip

Une semaine est déjà passée et nous n'avons pas revu Jess. Soit elle s'est carapatée dans les collines après la raclée que ma sœur lui a administrée, soit elle fait profil bas, tapie quelque part dans l'ombre.

Je viens de servir un couple qui s'amuse, j'ai préparé quelques cocktails pour d'autres, bref, je m'assure que tout le monde passe du bon temps. Il est encore tôt. Juste après l'heure du dîner. En général, les mercredis sont les jours où mes parents restent en tête à tête avec leurs petits-enfants. Ce soir, ils ont les trois ensemble : Shayna, Swaze et Trace. Comme d'habitude, ou ils leur feront à dîner, ou ils les emmèneront au restaurant, ce qui nous donne, à ma sœur et moi, un peu de temps libre à passer avec nos conjoints. J'ai hâte. Je n'ai que le dimanche pour profiter de mes filles ; le reste de la semaine, je travaille. Anya et moi avons aussi besoin d'être seuls tous les deux.

En parlant de mon ange…

La porte du *O'Donnell's* vient de s'ouvrir et ma chérie fait son entrée. Penché sur le bar, j'en reste comme deux ronds de flan. Ma queue réagit à chacun de ses pas en la voyant se frayer un chemin à travers les clients tout en faisant un signe à quelques-uns de mes frères accompagnés de leur nana. Son corps est moulé dans une robe pull comme celle qu'elle portait la première fois que je l'ai vue, sauf que celle-ci est rouge pomme d'amour. Son rouge à lèvres est d'un rouge assorti et ses boucles blondes sont jetées sur un seul côté à l'aide d'une barrette ou d'une pince ou d'un truc du genre. Son regard est souligné d'un trait fin de khôl noir qui fait parfaitement ressortir ses yeux bleus. On a l'impression que sa robe est littéralement collée à ses formes jusqu'aux genoux. Ses bottines genre « baise-moi-jeune-homme » en cuir noir donnent une parfaite dernière touche à l'ensemble.

J'en ai l'eau à la bouche en voyant le désir que je devine, non seulement dans ses yeux mais aussi dans le langage à peine voilé de ses attitudes corporelles. C'est clair, ma sublime femme a envie de baiser.

Elle balance avec nonchalance ses petites hanches à chacun de ses pas, et je me dis que celui dans la salle qui ose poser un regard insistant sur elle ferait mieux de faire gaffe. Quand enfin elle arrive au bar, je soulève la planche sur le côté, l'entraîne par la main et la fais passer par-derrière.

– Je prends mon break ! j'annonce aux serveurs qui sont venus m'aider ce soir.

De toute façon, j'avais prévu de partir plus tôt et d'emmener mon bébé dîner aux chandelles. J'ai tout de suite pensé que c'était la raison pour laquelle elle s'était mise dans cette tenue.

– Ma douce… où allons-nous ce soir ?

Alors que nous sommes dans le couloir avant d'arriver dans le bureau du fond, Anya se met à rire. Une fois à l'intérieur, je ferme la porte à clé.

Debout, elle jette un œil circulaire sur la pièce avant de constater :

– Un peu sombre et humide, ici. Un coup de peinture ne ferait pas de mal, il faudrait rafraîchir tout ça !

Sa voix diminue et s'éteint quand je la retourne vers moi et passe ma main dans ses superbes boucles. Je prends son corps contre le mien et presse ses lèvres contre les miennes. Là, c'est bien elle.

Elle pousse un petit cri, j'en profite pour glisser ma langue dans sa bouche et lui donner un long et profond baiser. En se mettant sur la pointe des pieds, Anya serre fort ses bras autour de moi. Oui, c'est ça, je la reconnais.

Je l'embrasse goulûment sous l'impulsion des besoins les plus pressants qui explosent dans tout mon corps. Ma queue devient dure comme la pierre, mon sang y bat au rythme de mon cœur. En glissant mes mains sur les côtés, j'atteins vite le bord de sa robe que je soulève jusqu'à sa taille.

– Mon Dieu, mais… qu'est-ce que tu fais ?

Je vois bien qu'elle essaie d'attirer mon attention ailleurs, mais je suis un homme en mission. Aucun moyen d'arrêter le train qui vient de se mettre en marche.

– J'ai besoin de te baiser. Là, tout de suite.

– Shane… soupire-t-elle alors que je glisse ma langue sur son cou.

Je passe alors une main sur la peau nue de ses fesses que j'agrippe avec fermeté. Puis je tire sur sa culotte qui tombe sur ses bottines, et la pousse jusqu'au bord du bureau. Je la soulève et dépose son cul nu sur le meuble avant de me baisser légèrement pour ramasser son sous-vêtement. D'un geste rapide, je le mets dans ma poche de devant. Enfin, j'attrape mon portefeuille dans lequel j'ai toujours une capote de réserve.

– C'est trop dingue, elle murmure en cherchant son souffle, ses lèvres collées sur mon cou.

Pressée, elle déboutonne ma chemise. Une fois ouverte, je sens ses mains chaudes passer sur les muscles saillants de mon torse, mais elle me laisse la chemise et mon gilet du club.

– Je suis fou d'amour pour ma femme, je grogne en écartant ses jolies cuisses.

Visant sa fente humide, j'empoigne ses fesses et je me glisse en elle. Son corps entier se cambre et je l'entends qui gémit.

– Allonge-toi, bébé, je t'ai en main.

Je la pousse à étendre son corps sur le bureau, ses jambes relevées et bien ouvertes. Je lui imprime des mouvements de va-et-vient en la tenant par les hanches. Le regard absorbé par le rose luisant de sa chair, j'ai tellement envie de goûter à la douceur de son entrejambe que je me retire, plonge ma tête entre ses cuisses et finis par poser ma bouche sur sa chatte.

– Shane ! hurle Anya en couvrant sa bouche avec un bras qu'elle mord pour étouffer ses cris.

Je suce, je lèche tout autour de son sexe avec une attention toute spéciale sur sa petite perle durcie qui la fait ruer contre moi. Je passe et repasse sur son clito plusieurs fois avant d'y écraser ma langue et de le frotter, plein d'entrain. Ses lèvres m'embrassent partout sur le visage, elle s'accroche à mes cheveux tandis que j'accélère le rythme. Elle a le goût du dessert le plus fin, son odeur est celle d'un absolu paradis. J'ai envie d'être partout à la fois… bouffer sa chatte et baiser sa bouche en même temps !

Dans un coin de ma tête, je me dis qu'il va bientôt falloir écrire le chiffre soixante-neuf sur son répertoire. Cette seule idée me fait mordiller davantage son petit bouton… tout en essayant encore d'étouffer ses hurlements, elle me tient, bloqué contre sa chair, alors qu'un orgasme lui parcourt le corps.

Quand enfin elle arrête de gémir, je plonge ma langue en elle le plus loin que je peux. Je veux garder son essence dans ma bouche et ma mémoire avant de pouvoir la ramener à la maison et passer des heures à la baiser jusqu'à l'épuisement.

Après m'être rassasié, je me relève tout en glissant à nouveau ma grosse queue en elle. À ce moment-là, je commence à la chevaucher comme un fou ; je la chevauche avec une telle intensité que je m'allonge sur elle en accrochant mes mains sur l'autre côté du bureau pour la baiser encore plus. Elle est avec moi corps et âme tandis que je la prends avec une telle intensité qu'elle se met à trembler de tous ses membres.

– Mon chéri, encore ? Oh… mon Dieu !

Je sens ses ongles qui s'enfoncent dans les muscles de mon dos, puis elle enroule ses jambes autour de moi.

– C'est si bon ! S'il te plaît, encore… encore !

Je grogne, collé à la peau de son cou, avant de glisser mes lèvres vers les siennes. Elle m'embrasse sans se soucier du goût d'elle-même que j'ai toujours sur la langue. Elle me suce, me mordille, elle me mange la bouche alors que je plonge en elle, écrasant son clito à chacun de mes mouvements. Son corps se tend, elle s'accroche à moi autant qu'elle peut. Elle s'accroche à ma poitrine, à mon dos, à ma queue, je suis comme entouré par elle, désiré par elle, aimé par elle.

Je vais jusqu'au bout, jusqu'à entendre un cri rauque qui sort de sa bouche au moment où son deuxième orgasme explose.

Après un bon moment de baisers passionnés et de respiration haletante, je retire doucement ma queue de son sexe, lui prends la main et la remets debout. Puis j'enlève mon préservatif que j'enveloppe dans un mouchoir en papier avant de les jeter à la poubelle. Incroyable, mais la boîte qui était sur le bureau n'est pas tombée ! Je cherche dans le placard des fournitures une serviette propre pour l'essuyer entre les cuisses. Elle me laisse s'occuper d'elle et passe un doigt sur ses lèvres pour vérifier son rouge à lèvres qui, chose étonnante, n'a pas bougé.

Une fois propre, elle se lève et remet sa robe en place. Je vois que ses tétons sont encore bien durs et terriblement sexy sous le tissu de son vêtement qui laisse deviner son soutien-gorge. J'aime l'idée d'avoir rendu ces petites fraises des bois proéminentes même si je ne les ai pas touchées. Je ne manquerai pas de le faire… plus tard dans la soirée.

Quant à moi, je rentre ma chemise dans mon jean que je remonte. Je le reboutonne soigneusement, passe les doigts dans mes cheveux et lui dis :

– Prête ?

– Ma culotte, elle me demande en tendant sa main.

Je lâche un petit sourire coquin en lui répondant :

– J'aime bien savoir que tu vas rester nue sous ta robe quand on va aller dîner. Au resto, je t'imagine déjà, assise sans petite culotte, en mouillant de plus en plus dans l'attente du moment où je vais te ramener à la maison et te baiser comme un dingue.

– Vraiment ? Tu n'as pas l'intention de me rendre ma culotte ?

– Non, Bella. Bon, allons-y ! Il me reste encore une heure à travailler avant de laisser Jay aux commandes. Après, nous pourrons sortir dîner.

Quand nous revenons dans la salle, j'aperçois une personne affalée au bout du bar qui porte un sweat avec sa capuche sur la tête. Je devine juste son profil, mais son visage m'est familier.

Tout à coup, la moutarde me monte au nez, je sens une colère terrible m'envahir. Je serre des dents ; je fais sortir Anya par l'autre côté et l'installe sur un tabouret, le plus loin possible de cette garce.

Je lui caresse la joue, la regarde droit dans les yeux pour retenir toute son attention :

– Jess est assise à l'autre bout du bar, je veux que tu restes ici. Jay pourra s'occuper de toi si les choses tournent mal.

Ses beaux yeux bleus me regardent, elle a l'air inquiète.

Elle m'agrippe le bras.

– Que vas-tu faire ?

– Je dois savoir pourquoi elle est revenue et surtout ce qu'elle veut.

– Dis-moi, tu ne crois tout de même pas qu'elle est là pour réclamer Shayna ?

J'entends la peur dans sa voix et des larmes brillent dans ses yeux.

– Il n'y a qu'une seule façon de le savoir, bébé.

Elle me repousse légèrement et se met debout en déclarant :

– Je viens avec toi.

– Putain, surtout pas ! Je ne veux pas prendre le risque qu'il t'arrive quelque chose. Imagine qu'elle ait une arme et que l'idée lui vienne de s'en servir. Je veux que tu restes loin au cas où elle déciderait de passer à l'acte.

Anya se redresse et lève le menton, l'air décidée. Merde ! J'ai bien l'impression que ma femme est en train de me mettre au défi. En voyant ça, je suis à la fois fier et contrarié.

– Tu n'y vas pas tout seul. Si je suis vraiment ta chérie, ce qui, selon toi, est l'honneur suprême, j'ai tous les droits du monde de parler à ton ex.

– Elle n'est pas mon ex, je réponds en faisant la grimace.

– Je m'en fous. Je veux entendre de mes propres oreilles ce qu'elle a à te dire.

On se regarde, face à face, sans rien dire pendant une bonne minute. Je finis par hausser les épaules, la prendre par la main et marcher en la tenant derrière moi pour aller rejoindre Jess.

Ses yeux, qui il y a quelques instants étaient bleus, sont maintenant sombres et troubles avec des pupilles visiblement trop dilatées.

– Que fais-tu ici ? je demande d'une voix rauque et sèche.

Jess se retourne en se grattant les bras. Elle porte une cicatrice sur le visage et son nez a doublé de volume. Il fut un temps où elle était plutôt jolie, pleine de vie et d'entrain, mais cette femme-là a disparu. Il ne reste plus qu'une coquille vide de celle dont j'aurais peut-être pu me faire une amie.

– J'ai besoin de ton aide, Whip. Un max.

Elle n'arrête pas de regarder autour d'elle, comme si elle avait peur que quelqu'un la repère.

– Où étais-tu donc passée ?

Anya, heureusement, est restée légèrement en retrait. Appuyée contre le bar, elle écoute, mais ne dit rien.

– On s'en fout d'où j'étais, vieux. Ce qui est important, c'est là où je vais. Et c'est six pieds sous terre, si tu ne m'aides pas.

– De quel genre d'aide as-tu besoin ? Une cure de désintox ?

– NON ! crie-t-elle avec horreur.

Quelques-uns des frères, dont Tank et Champ, se tournent vers nous en l'entendant. Anya leur fait un signe, ils lui répondent d'un sourire. Soit ils ne sont pas conscients de ce qui se trame entre Jess et moi, soit ils sont prêts à intervenir si j'en ai besoin. Quand je vois Tank se lever, croiser ostensiblement ses bras et fixer Jess, je sais que ça ne sent pas bon.

– Alors, qu'est-ce que tu veux ?

Elle fait une affreuse grimace en se frottant les yeux :

– Du fric ! Il faut que je foute le camp d'ici. Loin, loin, très loin, mec. Il faut que tu m'aides.

– Tu ne manques pas d'air ! Je n'ai pas vu ton cul depuis plus de cinq ans et tu oses revenir en foutant une trouille bleue à ma chérie et à ma fille et, en plus, tu crois que je vais te trouver un plan pour te casser de cette ville ?

Jess se relève et m'attrape la main :

– Il faut que tu m'aides ou ils vont me tuer ! elle s'exclame en enfonçant ses ongles dans ma peau.

– Laisse. Le. Tranquille. Tu m'entends ?

Une voix de femme, cinglante et froide, fait irruption dans la conversation. C'est Anya dont la petite main agrippe le poignet de Jess en le tordant de toutes ses forces. Agacée, elle ajoute :

– Je ne le répéterai pas deux fois.

Jess me lâche tout de suite.

– C'est qui, elle ? Ta nouvelle petite copine du club ?

Ses yeux mornes détaillent les formes d'Anya. D'un air moqueur, elle lui dit :

– Tu sais, on pourrait peut-être devenir amies.

Anya la regarde bien en face et, sans attendre, lui répond sèchement :

– Ça m'étonnerait !

Je m'efforce de la retenir quand je vois la silhouette de Tank qui se dessine derrière nous. Il pose gentiment son bras sur les épaules d'Anya et l'embrasse sur la tempe.

– Dis-moi, Pied d'étoiles, on se fait de nouveaux amis ?

– Tu pourrais me donner une définition du mot « ami », s'il te plaît ? elle répond en se pinçant les lèvres.

Contrarié par leurs attitudes de gamins, je leur fais signe de baisser d'un ton :

– Jess, tu ne manques pas d'air de venir ici au bout de cinq ans après avoir abandonné ta fille. Tu n'en as donc rien à foutre de Shayna ?

– Shayna ? C'est son nom ?

Un vague intérêt traverse sa voix le temps d'un éclair, puis il disparaît avec le peu d'humanité qui lui reste. Une sorte de râle animal s'échappe de ma gorge et je serre les poings de rage. Je n'ai jamais frappé une femme, mais chaque mot qui sort de sa bouche me donne envie de bondir sur elle.

– Ouais, c'est son nom. Un nom qui découle du mien et de celui de ma jumelle.

– Tu t'es toujours laissé mener à la baguette par les femmes de ta famille, hein ? Shay et Mags sont des reines, mais t'en as rien à foutre des autres. (Elle jette encore un coup d'œil autour d'elle et continue.) Tu vas m'aider ou pas ? J'ai besoin de cinq mille balles – dix ce serait parfait – pour me casser loin des Devil's Riders[6] qui sont à mes trousses…

Tank lui coupe la parole sèchement :

– Merde alors ! Tu as passé ton temps avec les pires hors-la-loi du comté, alors, maintenant, ne viens pas nous raconter tes salades que personne ici ne croira.

6 Motards du diable.

– Celle qui est capable de laisser une magnifique petite fille à la porte d'un club, à celle-là, il manque une case, c'est clair, ajoute Anya.

Constat qui n'est pas d'un grand secours même si je trouve son insolence plutôt excitante. Une attitude que j'ai hâte d'explorer dans des circonstances plus favorables.

Jess la regarde, l'air furieuse, en se grattant toujours le bras.

– Tu ne me connais même pas ! Tu ne sais rien de moi. J'ai le droit de venir ici et de partir avec Shayna où je veux, elle est ma fille. C'est ça que tu cherches ?

C'en est trop, cette fois je ne peux plus me retenir. J'attrape sa capuche et ses cheveux par l'arrière et lui renverse la tête pour l'obliger à me regarder ; je m'approche si près d'elle que je peux sentir la puanteur de son haleine pourrie :

– Ne viens pas me faire chier, ni moi ni ma gamine, sinon je te démolis !

– Alors, file-moi ce que je te demande et tu ne reverras plus jamais ma gueule.

– Tu vas foutre le camp tout de suite ou j'appelle moi-même le président des Devil's Riders pour lui dire que tu es ici.

Elle pousse un cri et tire sur son bras pour se dégager :

– Non ! Non ! Ne fais pas ça, ils vont me tuer !

– Qu'est-ce que tu as fait ?

– Rien ! Lâche-moi !

Elle hurle. Je vois bien qu'elle est paniquée.

– Je répète ma question : qu'est-ce que tu as fait ?

Elle hausse les épaules en essayant de remettre en place sa capuche toute froissée :

– Je leur ai piqué un gros paquet de coke. Je l'ai vendu, je l'ai fumé et j'ai fait la fête. Rien de bien grave, mais ils ne voient pas ça du même œil.

– Non ! Ne me dis pas que tu as volé l'équivalent d'un demi-million de dollars en cocaïne pure aux Devil's Riders ! s'exclame Tank, totalement éberlué.

Je n'en reviens pas ; cette fois, Jess est vraiment dans le pétrin. Elle est allée beaucoup trop loin pour que The Pride puisse faire quoi que ce soit pour elle. Je préfère la prévenir tout de suite :

– On ne peut rien faire pour te sortir d'un merdier pareil.

– Je ne te demande pas de payer mes dettes. Je te demande juste de m'aider à foutre le camp de cette ville. Ils savent que j'étais avec vous avant de les rejoindre. Ils ne vont pas tarder à se montrer. J'ai pensé que je pouvais prendre un bus et filer vers l'Est, m'établir dans un nouveau coin et la jouer plus cool.

– Et ton problème de drogue ?

– Qu'est-ce que ça peut te faire ? J'ai fait attention à ta fille, je suis restée clean quand j'étais enceinte. Tu devrais être content. Tu devrais me récompenser pour avoir fait un truc pareil.

Elle attrape les bords de mon gilet ; plus elle me supplie, plus elle tremble. Sa voix est tellement délirante que je ne reconnais plus celle à qui je parle et je me demande ce qui a bien pu me passer par la tête pour coucher avec une fille pareille.

– Tu me dois quelque chose pour Shayna !

J'avale une grande bouffée d'air et prends tout de suite une décision. Peu importe le présent, je ne peux pas laisser la mère biologique de mon enfant dans les mains des Devil's Riders. Pas sans essayer de l'aider un peu, j'aurais trop mauvaise conscience.

– Attends-moi là, je lui dis sèchement.

Je déteste ce que je suis en train de faire.

– Garde un œil sur Anya, je demande à Tank en croisant son regard.

Il me fait un petit oui de la tête et se poste devant elle.

– Tout va bien, je peux encore m'occuper de moi toute seule, répond Anya.

En la voyant ainsi, légèrement offusquée, j'ai presque envie de sourire. Presque seulement, mais j'en profite pour lui faire un petit baiser sur la bouche :

– Reste avec Tank et, surtout, pas de familiarité !

– Pas d'inquiétude, je n'ai pas l'habitude de m'intéresser aux animaux sauvages, elle me répond d'un air coquin.

Cette fois, je dois me retenir pour ne pas éclater de rire, pourtant la situation a de quoi me donner la chair de poule. Je n'ai qu'une seule envie : me débarrasser le plus vite possible de cette femme et des emmerdes qu'elle trimballe avec elle.

Je vais jusqu'au bureau où j'ouvre le coffre pour prendre deux mille cinq cents dollars. Je considère ça comme une avance sur mon dividende annuel du club, mais il faudra que j'en touche un mot aux gars pour leur expliquer pourquoi je les ai pris. Connaissant mon père et les frères, ils comprendront très bien, même s'ils vont être furieux de ce qui m'arrive.

Je mets le liquide dans une enveloppe que je plie en deux et me dépêche de sortir. Quand je reviens dans la pièce, j'ai la surprise de voir Shay et Rex debout près de Jess. Recroquevillée dans le coin du bar, elle s'est réfugiée derrière Tank.

– Putain, il ne manquait plus que vous ce soir, je leur dis, un peu inquiet, en les rejoignant.

– C'est Champ qui les a appelés, tout le monde est ici, sauf tes vieux, me dit Tank en montrant la salle du menton.

Je jette un œil autour de moi : d'un mur à l'autre, je ne vois qu'une mer de gilets de cuir… Putain de bordel de merde ! Je lève alors l'enveloppe en l'air :

– Cool, les mecs, j'ai ça !

Les frères ne s'assoient pas pour autant, ils restent debout et auraient même tendance à devenir de plus en plus inquiétants. Je me fraie un passage à travers eux pour rejoindre Jess. Je l'attrape par le bras ; surprise, elle sursaute quand je lui colle l'enveloppe dans la main.

– Deux mille cinq cents, c'est tout ce que tu auras. ! Avec ça, j'espère que tu ne reviendras plus sniffer dans les parages. De toute façon, je m'en fous, tant que tu dégages de Grants Pass, de l'Oregon et même de toute la côte Ouest ! Disparais, tu m'entends ! Et j'espère pour toi que tu n'as rien dit aux Devil's Riders à propos de Shayna. S'ils viennent chercher ma fille, tu en recevras tellement sur la gueule que tu ne sauras plus comment tu t'appelles pour le restant de tes jours.

Elle hausse les épaules et fourre le fric dans sa poche.

– Ils ne savent rien. Je n'étais pas encore avec eux quand je me suis aperçue que j'étais enceinte, au moment où j'ai quitté The Pride. Je suis partie vivre chez une cousine qui est plutôt du genre bigote et qui s'est occupée de moi en attendant le bébé.

– Fous le camp d'ici, Jess, je lui réponds, soulagé. Et, surtout, ne reviens plus jamais !

Elle fait oui de la tête et me regarde de ses yeux sombres et vides. L'espace d'un instant, je reconnais la fille que j'ai fréquentée autrefois. D'une voix mal assurée, elle me dit :

– Je l'ai aimée, tu sais, mais j'ai vite compris que je ne pourrais jamais lui donner une vie normale. Je n'ai même pas voulu la souiller avec un nom que j'aurais choisi moi-même. J'ai préféré qu'elle profite de la vie que seuls toi et The Pride pouvaient lui apporter. C'était l'unique cadeau que je pouvais lui faire.

Plus les minutes passent, plus je sens les doigts d'Anya enlacés dans les miens, plus je sens la douceur de son corps qui repose sur mon dos. Peu à peu, je me calme et retrouve mes esprits.

– Au revoir, Whip, et merci.

Je lui réponds juste d'un petit signe de tête. Les hommes en gilet s'écartent, sans rien dire, tandis que Jess bat en retraite en rejoignant la porte de sortie. Elle disparaît. Cette fois, je sais que nous ne la reverrons plus. Soit elle va arriver à fuir vers la côte Est, soit elle se fera rattraper par les Devil's Riders, mais ce que je sais, c'est qu'à partir de maintenant, elle n'est plus mon problème, ni celui de Shayna.

Quel bonheur d'avoir Anya avec nous ! Je passe un bras autour de ma femme et pose sa tête contre ma poitrine où je sens qu'elle est toute à moi.

Ma sœur met alors sa main sur mon épaule et la fait glisser le long de mon dos :

– Ça va, frérot ?

Je serre ma femme contre moi en l'embrassant sur le sommet du crâne ; plus elle est proche, plus je m'imprègne de son parfum de menthe et de lavande.

– Maintenant, oui.

Sans trop bouger, Anya passe ses bras autour de ma taille, visiblement heureuse que je la garde contre moi autant que j'en ai envie.

À ce moment-là, Shay soulève la planche d'accès et se met derrière le bar.

– Qui veut un shot ? Allez, allez ! On a quelque chose à célébrer ce soir !

Tous les membres présents du club poussent un cri de joie tandis que Shay dispose des dizaines de verres sur le bar.

– Ce que tu as fait est tout à ton honneur, Shane.

Anya me regarde bien en face. Son visage est superbe. Les pommettes magnifiquement saillantes, les yeux bleus en amande à se damner, les joues roses se dessinant sur une peau à la blancheur de perle et la bouche dont la chair est au-delà du délicieux, Anya est tout simplement mon rêve devenu réalité.

– Si les rôles avaient été inversés, j'aime à penser qu'elle aurait fait la même chose pour moi. Je me devais de lui donner une chance de s'en sortir. Tout le monde a le droit à sa seconde chance. Tout le monde a le droit d'aspirer à une vie meilleure, tu ne crois pas ?

Anya se met sur la pointe des pieds, pose sa bouche contre la mienne et nous nous embrassons à en perdre haleine, nos deux fronts posés l'un contre l'autre.

– C'est toi, ma seconde chance, murmure-t-elle, éblouissante, alors qu'elle passe ses doigts dans mes cheveux.

– Et toi, tu es à moi, bébé, je lui réponds en caressant ses jolies petites joues avant de glisser un pouce sur la trace du baiser qui traîne encore sur ses lèvres charnues.

– C'est vrai, moi aussi je pense que tout le monde a le droit à une seconde chance, elle ajoute en souriant. Et maintenant, allons-y pour les shots, j'ai envie de faire la fête ce soir ! On va boire des coups avant que mon homme me ramène à la maison et me fasse l'amour comme un fou !

Comme elle y va ! Et comme j'aime ça ! L'avoir près de moi et réaliser le pouvoir qu'elle a de soulager le moment difficile que je viens de traverser prouve combien ma vie a changé… et pour le mieux !

– Shay-la-la, sers-nous donc un shot, ma chérie et moi avons envie de faire la fête !

– Et comment ! elle répond en nous servant un double Jamerson's.

– Aux secondes chances ! je m'exclame en faisant tinter nos verres.

– Aux secondes chances !

Chapitre 11

Anya

– Si quelqu'un doit se sentir stressée, c'est bien moi, ma chérie, et pourtant je suis folle de joie d'aller à ma première soirée de bikers, m'annonce ma meilleure amie Holly alors que nous montons les marches du bâtiment en bois qui abrite le Hero's Pride.

L'accent très british de Holly et les mots toujours bien choisis qu'elle utilise, qui vont si bien avec son intelligence et ses formes de petite plantureuse, font d'elle un très beau parti. Ce qui ne l'a pas empêchée, ces dernières années, de butiner çà et là plutôt que de trouver LE bon. Je ne suis pas forcément du genre à pousser mes amies à se mettre en couple, mais, maintenant que j'ai Shane et Shayna dans ma vie, j'aimerais bien qu'elle trouve chaussure à son pied. D'autant plus que j'ai pris la décision de déménager avec Shane et sa fille dans un avenir proche ; très proche même, à en croire ce que dit Shane.

– Ce n'est pas que je sois stressée, enfin, peut-être, si, un peu. Tout de même, c'est important ! C'est la première grande fête du fameux club à laquelle je vais participer et c'est surtout la fête où je vais être présentée à tout le monde comme sa chérie. Je veux absolument qu'il soit fier de moi… tu imagines la pression !

– Sa chérie ? Étrange expression.

– Je m'y attendais, je réponds en levant les yeux au ciel. Châtions notre vocabulaire, c'est ça ? Pas ce soir, laisse à la maison la bibliothécaire qui est en toi, mais sache que c'est la plus haute distinction qu'une femme peut avoir dans le monde des bikers. Je lui ai bien demandé de m'appeler « chérie », tout simplement, mais il m'a répondu que si je voulais un seul mot, ce serait « bébé » ; tu as ta réponse.

Elle fait gonfler sa flamboyante chevelure châtain aux reflets roux qui me rappelle celle de Julia Roberts dans *Pretty Woman* et me décoche un superbe sourire.

Une blonde, dont le visage me dit quelque chose mais que je déteste déjà, nous ouvre la porte. Elle porte, une (très) minijupe en jean avec un top ultramoulant qui ne laisse aucune place à l'imagination. Une blonde qui pourrait être assez jolie si elle n'essayait pas de se mettre en valeur de façon aussi outrancière. C'est Lacey qui nous annonce d'une voix paresseuse :

– La fête, c'est dehors. Passez par la grande pièce, prenez le couloir du bout et vous arriverez dans la cuisine ; là, vous verrez la porte qui donne sur le patio.

– Tu t'es cassé la cheville, ma chérie ? Trop compliqué de nous accompagner ? lui demande Holly, l'air pincée.

– C'est pas là le problème, répond Lacey en se massant un côté du bras qui a l'air de lui faire mal. C'est pas trop ma place dans ce genre de fête, ajoute-t-elle en regardant le plafond. C'est uniquement pour les petites copines et les chéries. Moi, je suis juste là pour ouvrir la porte, préparer les verres et la bouffe et être prête si jamais un biker à envie de se faire un extra dans leur pièce à part.

Il faut voir la tête que fait Holly, elle n'en revient pas.

– Bien… tu viens, Anya ? On ne voudrait pas vous mettre en retard sur votre emploi du temps.

Elle m'attrape par le bras alors que Lacey ferme la porte derrière nous. On la regarde se dandiner en montant l'escalier, perchée sur des talons si hauts que je ne peux m'empêcher de souhaiter la voir se casser la gueule, ce qui n'a pas dû lui traverser l'esprit un seul instant.

– Ne me dis pas que les bikers ont des putes qu'ils baisent quand ils en ont envie ? Décidément, cette fête s'annonce pleine de surprises, et encore, je viens juste d'arriver ! Il me tarde de voir ce qui va suivre… me dit Holly sur un ton provocant, en sautillant comme un cabri.

Je suis obligée de faire oui de la tête.

– Pourquoi ai-je la vague impression que je vais regretter de t'avoir entraînée ici ?

– Arrête ! Je suis la meilleure copine que tu aies jamais eue, tu le sais bien. Pas question de te laisser toute seule alors que tu vas sans doute prendre une bonne biture et dégobiller tripes et boyaux. Au fond, ce soir, je suis un peu ton ange gardien.

– Tu as raison. C'est pour ça que je ne veux pas que tu t'éloignes, je lui réponds en soupirant.

Nous traversons l'immense bâtiment jusqu'au bout où nous commençons à entendre de la musique. En sortant par la porte de la cuisine, nous croisons Mags qui tient dans ses mains deux pichets à bière vides :

– Après vous, Mesdames.

Holly lui retient la porte :

– Vous avez besoin d'aide ?

Mags s'arrête net :

– Holly Berry ! Comment ça va ?

– En pleine forme ! Comment va le business des Biker Babes ?

– Faut pas s'plaindre, répond Mags.

Riot fait son apparition derrière elle et l'attrape par la taille. Sans attendre, il l'embrasse dans le cou.

– Super ! répond Holly dont le regard s'éclaire en le voyant. Je vais en prendre un et je vais en profiter pour me servir un verre pendant que j'y suis.

Et elle attrape l'un des pichets que tient Mags.

– Salut, Pied d'étoiles ? Comment ça va ? demande Riot.

Holly emboîte le pas à Mags pendant que Riot me prend dans ses bras pour m'embrasser. C'est presqu'aussi bon que les étreintes de nounours que me fait Shane, mais tout de même… pas tout à fait. Les siennes ont quelque chose de plus paternel. Normal. Un fond de tristesse me pince le cœur en réalisant combien j'aurais aimé que mon propre père rencontre la nouvelle fratrie que je me suis choisie. Je pense qu'il aurait bien aimé la famille dans laquelle je vais entrer.

– Je vais bien, merci Riot.

Il me laisse partir en désignant le jardin du menton :

– Ton homme t'attend, prêt à s'extasier dès qu'il va te voir, dit-il en plaisantant.

Je fais quelques pas quand, tout à coup, je l'aperçois. Il est là, portant un jean serré, un tee-shirt blanc qui lui moule parfaitement les pectoraux et son gilet en cuir habituel. Ses cheveux châtain clair, coiffés n'importe comment, me donnent envie de passer mes doigts dans ses boucles. Au lieu de me précipiter vers lui comme mon cœur le demande, je descends tranquillement les escaliers du porche et je marche à pas mesurés dans le gazon vers Shane qui discute avec Tank et Shay. Shayna, qui court derrière un frère appelé Champ, vient juste de me bousculer.

– Coucou, maman ! Bye, bye, maman ! elle dit en passant, trop occupée à poursuivre sa cible.

Depuis quelque temps, elle ne m'appelle plus que maman. À chaque fois, ça me fait chaud au cœur, même si je pense que c'est beaucoup trop tôt pour mériter un tel honneur. Nous ne nous voyons régulièrement que depuis un petit mois, ce qui me semble peu pour une telle familiarité, mais il est vrai aussi que, une fois la décision prise, selon la tradition chez les bikers, un mois représente presque l'éternité pour demander « sa chérie » et la faire officiellement entrer dans la famille du club. Je ne suis pas tout à fait d'accord pour ces pratiques, mais, en même temps, je suis tellement prise dans le tourbillon de la vie de Shane que je n'ai plus envie de lutter.

– Putain, t'en as du pot, toi, mon salaud ! s'exclame Tank.

Shane me fait un grand sourire et son regard s'enflamme tandis que je m'approche et tombe dans ses bras. Tout de suite, il m'enlace par la taille, me presse contre lui, penche la tête et me dépose un baiser sonore sur la bouche. En réponse, une sorte de douce chaleur vient envahir tous les pores de ma peau avant qu'il retire sa bouche, en gardant son visage à quelques centimètres du mien.

– Salut, Bella ! me dit-il doucement, l'air épanoui.

– Salut ! je réponds en lui faisant le plus beau sourire que je peux.

– Prête pour la cérémonie ?

– La cérémonie ? Que veux-tu dire ? Je pensais que nous étions juste réunis pour que tu me demandes comme ta chérie devant tout le monde, et c'est tout.

Il respire un bon coup et frotte son front contre le mien :

– C'est exactement ce que je vais faire. Il y a cependant un petit truc spécial si la demande est faite par un membre du club.

– Ah bon ?

Je passe mes mains sur sa poitrine en remettant en place son tee-shirt et son gilet.

– Tu vas voir…

Soudain, le ton de sa voix devient plus grave. Alors que je caresse sa nuque, il ajoute :

– C'est la tradition.

Tout à coup, une sorte inquiétude s'empare de moi quand je réalise qu'il ne veut pas vraiment m'expliquer ce que le mot cérémonie signifie exactement.

– Bordel, vieux, crache ta Valda, Whip ! Tu ne vois pas que tu lui fous la trouille ? dit Tank en râlant.

– Tu ne vois pas que j'essaie ? Si tu voulais bien la fermer… il répond à son copain, l'air furieux.

Tank met alors son bras sur mon épaule et m'attire vers lui :

– Ce que Whip essaie de te dire, c'est que, quand un frère demande officiellement sa chérie devant le Club, il brûle pour elle.

– Brûle ?

Un petit sourire sadique lui traverse le visage. Une lueur d'excitation s'allume au fond de ses yeux :

– Brûle, oui, parce qu'on va marquer au fer le nom de sa chérie là où bat son cœur.

Tank a l'air tout ce qu'il y a de plus sérieux en me désignant du menton l'endroit où j'aperçois Riot et deux autres membres qui s'affairent autour d'un trou d'où s'échappe un début de fumée. Je vois aussi que Riot tient une espèce de longue tige en métal dans la main.

Cette fois, j'ai compris. C'est clair : mon homme va se faire graver mon nom au fer rouge sur le corps.

– Sans blague ! Tu vas te faire marquer comme du bétail avec le nom de ma meilleure copine sur la poitrine ? s'exclame Holly, une bière dans chaque main.

Tank me relâche. C'est au tour de Shane de me prendre dans ses bras en me tenant serrée contre lui. Je ne dis pas un mot, j'évite de penser, bref, je ne fais rien. J'écoute juste le battement de son cœur quand arrive le moment de le marquer… de ME marquer sur LUI pour le restant de ses jours.

C'est tout simplement incroyable.

Et si beau à la fois.

C'est de la poésie. C'est de la musique.

C'est de l'amour avec un grand « A ».

Et la plus pure tradition biker.

Il est en train de me prouver son amour pour une durée qui va bien au-delà de ce que j'aurais pu imaginer. Des larmes me montent aux yeux et ma respiration devient lourde :

– Mon Dieu ! Shane, jamais, au grand jamais, je ne pourrai te donner en retour une preuve d'amour aussi grande… je murmure, en passant mes bras autour de son corps avant d'embrasser son tee-shirt exactement à l'endroit de son cœur.

Il passe ses deux mains dans mes cheveux, puis me relève la tête. Mes larmes gonflent et commencent à couler. Il frémit.

– Je vois que tu comprends. Génial ! Cette fois, tu vas me croire !

J'acquiesce d'un petit mouvement de tête. J'ai compris. Le plus beau des rites va s'accomplir. Shane Whip O'Donnell va brûler pour moi. Une cicatrice inscrite dans sa peau le prouvera sa vie entière. Une marque indélébile de son engagement éternel envers moi.

– Tu ne vas pas le faire tout seul, je lui dis en signe de partage.

Il m'embrasse sur le front.

– Anya, c'est mon devoir de le faire seul.

– Non. Je veux rester près de toi pendant toute la cérémonie.

Il se rapproche encore plus près :

– Tu es à moi jusqu'à la fin des temps. Dis-le, que tu es à moi…

– Je suis à toi, je chuchote en essayant d'avaler la boule qui grossit dans ma gorge, je suis à toi et tu es à moi jusqu'à la fin des temps.

Il me fait un grand sourire alors qu'on entend Riot qui s'exclame :

– Le feu est allumé, approchez, The Pride !

On dirait que sa voix gronde au-dessus de tout le monde.

– Tout à fait barbare ! J'ai hâte ! s'empresse d'ajouter Holly dont les yeux bleus brillent d'enthousiasme.

Les miens, au contraire, ne doivent montrer qu'horreur et inquiétude.

Mon homme va littéralement brûler pour moi. Un état de fait que je peux assumer de façon un peu tordue, primaire et animale, ce qui ne veut pas dire que j'aime l'idée que Shane souffre pour moi. Soudain, Tank donne une bonne tape dans le dos de Shane en signe d'amitié :

– Je suis fier de toi, frère, lui dit-il d'une voix virile.

– Dis-moi, Roméo, est-ce que cela te dérangerait de m'aider à trouver un endroit au cas où je m'évanouirais ? s'exclame Holly.

Je la vois qui passe négligemment sa langue sur ses lèvres roses en prenant ce que je pourrais appeler une expression « très sexe ». Une attitude provocante et aguicheuse à la fois, peu adaptée à son look habituel de bibliothécaire sérieuse. Même avec son pantalon noir tout simple et ses petites sandales qui laissent apparaître ses orteils vernis framboise, elle a l'air d'une princesse. Ses cheveux qui lui tombent en larges boucles jusqu'au milieu du dos sont plus rouges qu'un soleil couchant.

Tank se frotte les mains avec un sourire entendu avant d'ouvrir son bras :

– Au contraire ! Je n'y vois aucun inconvénient, belle dame.

– Je m'appelle Holly, lance-t-elle, très intéressée.

– Et moi, Tank. Laisse-moi donc être l'épaule où tu peux venir reposer ce joli corps chaque fois que tu en ressens le besoin.

– Si tu sais y faire, je le reposerai même sur des parties plus séduisantes, chéri, elle lui répond, tout sourires, en lui prenant le bras.

– Ouh là là ! je l'entends marmonner tandis qu'ils s'éloignent.

Elle me fait un clin d'œil par-dessus son épaule et murmure :

– Tellement sexy !

Shane prend ma main en croisant ses doigts aux miens et m'entraîne là où les frères, les chéries, les petites amies et même quelques amis du club se sont regroupés. Tout le monde s'écarte quand nous allons nous placer au centre.

– À genoux, Whip ! annonce Riot, un peu plus loin, en tenant toujours la longue tige de métal plongée dans le feu.

– Bébé, il va falloir te mettre sur le côté. Maman, s'il te plaît ?

Il fait signe à Mags qui nous rejoint et m'attrape par le bras.

D'un geste vif, je me libère, comme si le contact de ses doigts me griffait la peau.

– Non, laisse-moi, je vais rester ici.

Je lui fais bien sentir qu'il n'y a pas de discussion possible. J'attrape ensuite la main de Shane et viens m'agenouiller à côté de lui dans ma petite robe d'été bleue. L'herbe semble fraîche au contact de mes genoux.

– Il faut que tu me lâches la main pour que je puisse enlever mon tee-shirt et mon gilet.

Je suis contrainte de faire ce qu'il me demande même si, je dois avouer, il m'est bien difficile de rompre le seul contact charnel que j'ai avec lui. C'est plus fort que moi, je commence à trembler ; en voyant ça, Shane passe mon bras dans l'emmanchure et m'enfile son gilet. Ainsi, je porte sur moi ce qu'il a de plus précieux après moi et sa fille.

– Garde ça au chaud, veux-tu ?

Je le regarde avec un petit sourire en me blotissant dans le cuir souple. Peu à peu, je vois la chair de poule se répandre sur sa poitrine à mesure que Riot s'approche de nous. Sans hésiter, je lui reprends la main.

– Bones, tu es prêt ? demande Riot en faisant un signe à celui qui se tient debout, juste à côté de Shane.

L'homme porte un sac qui ressemble à une grosse trousse de secours. Il a déjà son stéthoscope autour du cou.

– Le médecin du club, bébé, me précise Shane.

Je lâche un soupir, moins angoissée. Je sais que cela ne va pas être une partie de plaisir, mais le savoir parmi nous me soulage légèrement de la peur qui me tord les boyaux en imaginant ce qui va se passer.

– À la fois pervers et fascinant !

J'entends la voix de Holly qui fait ses commentaires sur notre gauche. Pourtant, je n'ai plus le cœur à écouter ce qui se passe autour de moi, la seule chose qui m'intéresse, c'est la main de Shane que je garde serrée dans la mienne. Il n'a pas l'air d'avoir peur ; moi, j'ai le cœur qui bat si fort dans ma poitrine que je le sens qui frappe contre chaque particule de ma peau.

– Tu sais, tu n'es pas obligé de faire ça, je dis entre mes dents en regardant son beau visage et ses yeux noisette qui me fascinent toujours.

– Non. Je le veux. Je veux que ton nom soit inscrit sur ma poitrine au vu et su de tous.

Ses mots me vont droit au cœur, mais, au fond de moi, la peur me ronge sans relâche. Riot prend la parole :

– Aujourd'hui nous fêtons notre frère, Shane Whip O'Donnell, qui a décidé de demander sa chérie, Anya Markova. Les membres de The Pride sont heureux de l'accueillir dans leur club, leur cœur et leur famille. Nous jurons de la protéger jusqu'à la mort, aujourd'hui, demain et pour toujours. Apportez-moi le fer.

Riot tend la main et l'homme qui a gardé la tige dans les flammes se dirige maintenant vers nous avec fierté

Shane, imperturbable, gonfle le poitrail comme s'il était pressé d'être marqué.

Refusant de le lâcher, solidaire avec lui, je gonfle aussi ma poitrine. Je porte sa main à ma bouche et l'embrasse en murmurant :

– Je t'aime Shane.

– Es-tu prêt ? As-tu quelque chose à ajouter ? lui demande Riot en brandissant le fer à marquer.

Dans le halo rouge qui brille devant nos yeux, je distingue les quatre lettres de mon nom en caractères cursifs, dont le premier A est parfaitement identique au dernier.

– J'aimerai et protégerai Anya jusqu'au jour de ma mort. En attendant, je vais brûler pour elle.

Il fait oui de la tête en regardant son père qui se rapproche de plus en plus en faisant bien attention que les lettres rougies soient placées là où se trouve le cœur.

– Qu'il en soit donc ainsi…

Et Riot plonge le fer brûlant dans la chair de Shane.

Je lui serre la main autant que je peux, ou peut-être c'est lui qui me l'écrase, comme s'il allait briser mes doigts. Ce qui m'est bien égal ; je l'aurais même accepté si cela pouvait épargner Shane.

Hélas, il ne l'est pas.

L'horrible crépitement que produit le bruit de son amour imprime sa brûlure dans mes pensées autant que sur sa poitrine.

Il l'accepte sans broncher, les yeux fermés, les dents mordant une grosse ceinture en cuir qui est arrivée dans sa bouche sans que je m'en aperçoive.

La scène dure à peine quelques secondes et Riot se recule. L'homme que tout le monde appelle Bones s'approche pour soigner la blessure. Il verse un produit sur la plaie qui fait sursauter Shane, mais pas un cri ne sort de sa bouche.

Je n'arrête pas de lui caresser la main pendant qu'on s'occupe de lui. Une fois le soin terminé, au moment où on va lui poser un bandage, Shane fait un signe de tête et marmonne « pas encore ! ».

– Lève-toi, Anya, il me demande comme s'il était pressé.

Je ne réalise même pas que des larmes coulent à flots sur mes joues. Ma robe est toute trempée, mais la seule chose que je vois, c'est mon nom brûlé sur la superbe poitrine de mon homme.

Shane me prend la main et change de position pour se poster devant moi, un genou sur le sol. J'essaie de le relever, mais il fait non de la tête avant de tendre son autre main vers sa sœur qui, elle aussi, pleure à chaudes larmes. Elle renifle et sort de sa poche un petit écrin qu'elle lui donne sans attendre.

Je regarde, éberluée, Shane qui, à ma grande surprise, me tend une bague en or blanc avec un beau diamant. De sa grosse voix sonore, il annonce :

– Anya Markova, aujourd'hui, je viens de prouver mon engagement sans faille envers toi. J'ai brûlé pour toi. Pour nous. Pour notre avenir. Maintenant, devant ma famille, mes frères et tous ceux que je chéris, je te demande officiellement si tu me ferais l'honneur, non seulement d'être ma chérie mais aussi de devenir ma femme.

J'entends clairement l'émotion contenue dans chacun de ses mots, mais je reste plantée là, bouche bée, incapable de bouger après l'épreuve qu'il vient de subir et le cadeau qu'il vient de me faire.

Bientôt pourtant, j'aperçois une silhouette qui se fraie un passage au milieu de tout le monde. C'est Mags qui arrive, précédée de Shayna. Spontanément, la petite fille vient retrouver son père et s'agenouille sur ses deux genoux devant lui. Se rendant compte de son erreur, elle la corrige tout de suite et relève un genou pour se mettre dans la même position que son père. À son tour, elle me tend une autre bague tout aussi brillante. Sur la sienne est écrit « Maman » en lettres cursives sur un petit à-plat en or blanc.

– Celle-là est pour toi de ma part. C'est moi qui l'ai choisie. Tu veux bien être ma maman pour de vrai… et pour toujours ?

Elle me tend fièrement sa petite bague, exactement comme son père l'a fait juste avant elle.

Shane chuchote à l'oreille de sa fille :

– Bien joué, mon bébé !

Quand je vois ces magnifiques visages qui me regardent avec tant d'amour et d'engagement, je sens que mon cœur se coupe en deux, parce que chacun en mérite la moitié.

Cette fois, c'est à mon tour de tomber à genoux. Je pleure tellement, que je lâche un gros sanglot au moment où je les serre tous les deux contre moi, en faisant bien attention de ne pas toucher la blessure de Shane. Quelle magnifique sensation que de tenir toute ma vie dans ces deux cœurs qui battent entre mes bras !

– Oui ! Oui ! Oui ! Des millions de oui à vous deux ! je leur dis tandis que les autres poussent des grands cris en levant les bras en l'air.

Shane m'embrasse avec passion. Il presse ensuite son nez contre celui de sa fille qui n'arrête pas de rire et de me faire des bisous en hurlant « ma maman ! » aussi fort qu'elle peut.

Je suis en train de vivre le plus beau moment de ma vie.

ÉPILOGUE

Whip

Trois mois plus tard

Les cheveux balayés par un vent qui vient du large, Anya se tient debout, face à l'océan. Elle ne porte que son bikini orange et un paréo très coloré attaché autour de ses hanches étroites, elle regarde au loin, tandis que le soleil couchant vient se refléter sur sa peau. Après une semaine de voyage de noces, son bronzage est doré comme le miel. Mes parents, Shayna, Shay, Rex, les jumeaux et même mon témoin Tank sont tous descendus avec nous à Maui[7].

J'avais demandé à ma femme de quel genre de mariage elle avait envie, en espérant faire une virée à Vegas comme l'avaient fait Rex et ma sœur, mais elle a préféré aller au bord de la mer. Et ce que femme veut, Dieu le veut.

Le lendemain de notre arrivée, nous retrouvons le prêtre sur la plage. Je porte un pantalon en lin noir et une chemise habillée blanche, boutonnée jusqu'en haut. Anya marche à côté de ma fille ; elles sont habillées toutes les deux de la même robe en dentelle blanche. Son chignon, ramassé à la va-vite dans une couronne de fleurs, laisse échapper de grandes mèches de chaque côté

7 Maui est la deuxième plus grande île de l'archipel d'Hawaï.

de son visage et des rubans volent dans la brise venant du large alors qu'elles approchent main dans la main. Toutes les deux tiennent un bouquet de tournesols, une belle couleur qui s'harmonise avec la soie dorée de leurs boucles, le rose de leurs joues et celui de leurs lèvres, tout comme avec le bleu de leurs yeux qui s'accorde si bien avec celui du ciel. Pour seule toile de fond, l'océan. Ma mère, ma sœur, mon père, la meilleure amie d'Anya et le mien sont autour de nous comme un cercle d'amour pendant que nous échangeons nos consentements. Nous n'avons besoin de rien d'autre.

À n'en pas douter, je suis en train de vivre le troisième meilleur moment de mon existence. Le premier, c'était quand j'ai rencontré ma fille pour la première fois. Le deuxième, quand Anya a accepté de devenir ma femme pendant la cérémonie où j'ai brûlé pour elle devant le Pride. Le troisième étant maintenant, alors que Anya me dit « oui » devant une bien plus petite assemblée. Nous ferons sûrement une nouba d'enfer au club, dès notre retour, mais ce que nous vivons ici, ces deux semaines dans l'intimité avec nos proches, est notre moment spécial à nous.

Un seul bémol, la mère d'Anya a refusé de se joindre à nous. Apparemment, se marier avec un biker propriétaire d'un bar, père célibataire qui plus est, ne correspondait pas aux plans qu'elle avait pour sa fille. Anya n'a pas versé une larme. Pire, elle a tiré un trait sur tout ça en disant que si sa mère n'était pas favorable aux décisions qu'elle prenait pour sa vie, si elle refusait l'homme qu'elle avait choisi et la petite fille qu'elle désirait élever, alors, dans ce cas, elle ne voulait plus la voir.

Jusqu'à maintenant, elle n'a exprimé aucun regret d'avoir pris une telle décision. Pour le moment, j'ai mis ça de côté, mais je pense qu'il faudra qu'on en reparle quand nous serons de retour. Il faudra voir si nous ne pouvons pas faire quelque chose pour améliorer cette situation avec sa mère. Peut-être aux prochaines vacances. Pour l'instant,.contentons-nous de rendre ma chérie… et maintenant ma femme, heureuse.

Les bras croisés sur la rambarde, Anya offre à mes yeux une superbe vue de son petit cul où je peux voir le lion rugissant qu'elle s'est fait tatouer au bas du dos, près de sa hanche droite. Au-dessus, on peut lire les mots « propriété de », et, en dessous, il y a mon nom. Simplement, au lieu de mon nom de biker, elle a préféré mettre mon prénom : Shane. Sur une ligne supplémentaire, il y a aussi celui de ma fille : Shayna. C'est une bonne chose qu'elle ait laissé encore de la place, parce que, un de ces jours, j'ai bien l'intention d'y ajouter un ou deux nouveaux prénoms.

En fixant le cul de ma femme et le logo du club que toutes les chéries se font tatouer, je ne peux m'empêcher de penser à tout ce que ce petit cul sait faire dans un lit et sur le plancher d'un théâtre.

Je lui ai demandé de danser tout spécialement pour moi dans notre suite pour jeunes mariés, portant l'un de ces déshabillés sexy qu'elle met pour la nuit, sans culotte va sans dire, et elle a recommencé, totalement nue. Lorsqu'elle tend la jambe à cent quatre-vingts degrés, je tombe à genoux et je ne peux que l'adorer devant l'autel de son corps et de son talent. Je sais que, elle aussi, m'adore tout pareillement. C'est simple, tout ce qui concerne Anya m'intéresse et vit en moi à un rythme qui facilite nos rapports et m'attache toujours plus à elle.

Aujourd'hui, il me tarde de lui annoncer la nouvelle que je viens de recevoir de notre avocat. Une joie immense m'envahit en y pensant. Avec le vent du large qui vient caresser ma peau, je m'approche doucement d'elle et la prends par la taille. Elle pose ses mains sur les miennes, heureuse du simple fait que je la tienne contre moi.

Mes lèvres frôlent son cou tandis que je lui dis à voix basse, tout près de son oreille :

– Je viens de recevoir l'appel que nous attendions.

Tout de suite, je sens son corps qui se raidit dans mes bras et j'aperçois la chair de poule qui se répand sur sa peau bronzée.

– C'est fait ? elle me demande d'une petite voix.

– C'est fait.

Et je l'embrasse longuement dans le cou.

– Elle est à moi ?

Sa voix est maintenant nettement plus affirmée et je sens l'émotion qui monte dans ces simples mots.

– Elle est à nous, j'éprouve le besoin de lui préciser.

– Enfin, NOTRE fille ! elle s'exclame dans un grand soupir.

Cette fois, sa voix est plus claire et sonore que jamais.

– Oui, c'est officiel. Les papiers viennent de sortir du tribunal, tamponnés et signés par le juge. Quoi qu'il puisse m'arriver, tu es et resteras la mère de Shayna. Pas seulement à mes yeux et aux siens, mais aussi aux yeux de la loi et de tout le système judiciaire.

Je sens qu'elle laisse retomber tout le poids de son corps contre ma poitrine. Des larmes coulent sur ses joues :

– Tu sais, maintenant, j'aimerais avoir un autre enfant.

Ses mots sont comme des bonbons au parfum d'amour et d'espoir.

Tout collé contre son cou, je lui réponds avec tendresse :

– Bella, comme je viens de te le dire, Shayna est maintenant ta fille, envers et contre tout. Voudrais-tu doubler la mise, par hasard ?

Anya se retourne et met ses bras sur mes épaules :

– Je suis sûre que ma fille aimerait bien avoir un petit frère ou une petite sœur. J'ai envie de lui faire ce cadeau.

– Bébé, si tu commences à lui passer tous ses caprices, elle va devenir une affreuse petite fille gâtée. Je préfère te prévenir.

Elle hausse des épaules, visiblement amusée :

– Ça m'est bien égal. J'aimerais par-dessus tout que nous attendions, tous les trois ensemble, quelque chose de beau et de nouveau. Dès notre retour, nous allons déménager dans une nouvelle maison, à trois numéros de celle de ta sœur. Une grande maison, avec cinq chambres. Je me sens prête à sauter le pas. Pas toi ?

Son regard est plein d'enthousiasme et d'amour.

– Tu me connais… Avec moi, tes désirs sont des ordres.

Le sourire qu'elle m'adresse en rctour est tout simplement magnifique.

Elle se relève légèrement, passe ses mains derrière son dos et défait les cordons de son bikini avant de le jeter dans la chambre. Sa délicieuse poitrinc se remet en place, on dirait deux globes lumineux où j'ai l'irrépressible envie de poser mes mains et ma bouche.

– Commençons tout de suite, dit-elle en me provoquant.

Elle ondule lascivement son corps devant moi avec des yeux coquins.

Impatient, j'enlève vite le paréo qu'elle porte sur son bas de bikini et l'attrape par les fesses. Elle m'enlace la taille avec ses longues jambes et je la porte jusqu'à notre grand lit king size. À peine allongés, je lui caresse les joues et la regarde au fond des yeux, plein de tendresse :

– Anya O'Donnell, tu seras toujours ma bien-aimée, ma chérie, ma femme, ma vie.

– Et tu seras toujours mon biker, mon homme, mon mari, mon tout.

Mots qu'elle prononce juste avant que je vienne sceller notre amour par un baiser.

***

Neuf mois plus tard, Anya et moi présentons notre fils Andrei Riot O'Donnell à notre petite fille de cinq ans et au reste de la famille. Son nom lui a été donné en hommage à ses deux grands-pères, le père d'Anya et le mien.

Shayna regarde le bébé en faisant une petite grimace et en se mordillant les lèvres. Très émue, elle se tourne vers sa mère :

– Il est tout mignon, j'ai envie de beaucoup l'aimer. Mais il faudra demander au bon Dieu de te faire encore un gros ventre avec une petite sœur.

En fait, mon Anya y avait déjà pensé et a fini par donner à sa fille ce qu'elle désirait le plus au monde. Nous lui avons fait ce cadeau ensemble.

Deux ans et neuf mois plus tard, nous accueillons dans notre famille une petite Holly Ann O'Donnell. Inutile de dire que Shayna, qui a maintenant sept ans, est aux anges. Bruiser[8], comme nous avons surnommé Andrei, notre petit de deux ans, lui, il s'en fout complètement. Il est trop occupé à s'amuser avec son cousin Trace que tout le monde appelle aussi Hustler[9]. Les deux sont en train de faire un souk pas possible dans la chambre d'hôpital.

Ma bikeuse bien-aimée et moi avons su saisir cette fameuse deuxième chance et faisons tout notre possible pour nous construire

8 « Bleu », comme les bleus qu'on se fait en se cognant.

9 Voir plus haut, note 2.

une vie magnifique. Nous nous sommes juré de ne pas perdre une miette des beaux moments qu'elle saura nous offrir.

Et nous allons tout faire pour ça.

FIN

À suivre…